いい子のあくび

高瀬隼子
Junko Takase

集英社

目次

いい子のあくび

いい子のあくび

ぶつかったる。

まずはそう思い、それから、体が熱くなる。腹の下あたりに火がともる。手足に力が入り、目と耳が冴《さ》えわたる。わたしの体が、絶対に許さないと決める。

自転車が震えながら近づいてきていた。中学生らしい男子が、ハンドルにひじをついて前かがみになり、両手で持ったスマートフォンを覗《のぞ》き込んでいる。体が勢いの弱まったコマのように左右に揺れている。ぶるぶるとのろい。そんなスピードならいっそ止まってしまえばいいのに、蛇行するでもなく進んでくる。さっと周りに視線を走らせて確認する。一車線だけの狭い道。後ろから車が来ているけどまだ距離がある。歩いているのはわたしだけ。

絶対手帳に書いておかなきゃと、まだ何も起こっていないうちから思う。いつもより大きな字で書きたい。

自転車、中学生、スマホながら運転、ぶつかる
近づいてくる自転車から視線を外す。首ごとしっかり違う方に向ける。写真屋の看板が目に入った。そうだゴールデンウィークに大地《だいち》と行った旅行の写真をプリントしたいと思ってたんだった。牧場で牛の乳しぼり体験をした。牛の鼻息のしめったのを感じるくらい近くで撮った写真がある。牧場楽しかったな、また行きたいなと考えながら歩調を速める。わざとらしさが透けない程度、もしくは透けても咎《とが》められない程度に。体をすこし斜めに、鞄《かばん》をかけている右側を前にして歩く。秒数ではなくメートルでカウントダウンを始める。ご、よん、さん、に、いち。

いち、のあたりで中学生が弾《はじ》かれたように顔をあげて、大きくハンドルを切った。進路を急に変えた自転車の銀色の前かごが、側面をなすり付けるようにわたしの右腕に当たる。カーディガン越しの肌に何かが突き刺さる痛みが走った。体がよろける。ほらね、大丈夫。自転車と歩行者じゃ絶対に歩行者の方が痛い。だからわたしは悪くない。痛い。痛いぶんだけ、わたしは正しい。

「痛っ！」

わたしは用意していた叫び声をあげる。驚きと痛みと非難の全部を詰め込んだ、高い声の悲鳴。

バランスを崩した自転車が倒れる。同時に、キイッと鋭い音がした。頭の中全部が無理やり引き付けられる音。わたしの背後から近づいてきた車から発せられた音だった。車はぎりぎりのところで自転車にぶつかる。中学生は自転車ごと押し倒された。じゃりっ、とアスファルトと人間がぶつかる音と、からから、ペダルがまわる音がした。

あ、やばい。でも——この腕の痛み——わたしは悪くない。焦りがふっと湧いて、瞬く間に消える。むしろ良かった、と思う。車から四十歳くらいのおばさんが降りてくる。車を降りただけなのに、走ってきたみたいに息が荒い。鼻から強く息を吐いて、

「うそ、当たった？」

と中学生を指さしながらわたしの方を向いて聞いてきたので、頷《うなず》く。うそもなにも、ぶつかったのが分からないはずもないのに、目を丸くしている。丸くして見せてるのかな、と思い、それに呼応してわたしも不安そうな心配そうな顔をして見せる。眉をきゅっと寄せて、額にしわが発生する感触。

「止まる直前で、ちょん、て感じでしたけど、ちょっとだけ当たってました」

うそ、とおばさんが繰り返す。うそ、って言うのがきっと口癖なんだろう。全然うそじゃないことが分かっているのに反射的に「うそ」って言う人。うそじゃないよ、と周りの人たちが言ってあげてきた人。

「痛い」

と中学生が弱々しく言う。

半袖の体操服から伸びている左腕のひじから血が出ていた。日の光の下で血を見るのは久しぶりで新鮮だった。額に寄せた眉の形を維持したままそれを見つめる。眉に力が入っ

ていると、いつもより色が鮮やかに見えるのか、赤い色が目に痛い。

「えー、大丈夫？」

おばさんが、数歩だけ中学生に近づく。いま絆創膏《ばんそうこう》持ってないなー、と「これは絆創膏をはっておけばいい程度の怪我《けが》です」とでも言いたげな様子でつぶやく。中学生は「大丈夫です」とおうむ返しに言い、それからはっとした顔で声をあげた。

「スマホ」

中学生の視線の先に、彼の手を離れて飛んで行ったスマートフォンが落ちていた。画面が蜘蛛《くも》の巣状にひび割れていた。中学生は、ひじの怪我でというより、その割れた画面を見て泣きそうな顔になる。その顔を見て、泣かれたら面倒だから急がなきゃと思った。

「どうします？　警察とか、呼びます？」

「警察？　警察なんか呼ぶほどのことじゃ、ないでしょ」

おばさんが言う。サイドの髪を耳にかけて腕を組み、片方の手を口元に持っていく。

「そっちが、飛び出してきたわけだし、ぶつかったたって言っても、ほとんど車は止まってたわけでしょう？　それにその子に当たったたっていうより自転車に当たったたって感じよね。あっ、ていうかもしかして……あー、やっぱり」

おばさんが車の前側を覗き込んで大きなため息をついた。

「傷ついちゃってるわ」

車へ近寄って、おばさんの視線の先をわたしも見る。傷、というほどではないように見えた。ヘッドライトの横に、汚れのような、こすったら消えそうな線が、けれど確かに入っている。わたしは何を聞かれたわけでもないのに頷く。あーあ、とおばさんがもう一度声をあげる。その声もわたしの頷きも、全部中学生に向けられたものだった。

中学生は息が止まったように静かにしている。静かにしていればいいと思っているのかもしれない。子どもの時ってそうしていたら大人が助けてくれることが多いから。中学生をこんなに近くでまじまじと見たのなんて久しぶり、というか自分が大人になってからは初めてのことかもしれない。小学生には見えないけど、高校生にも見えない中途半端な大きさの体。まだ六月に入ったばかりだというのに顔は日焼けしている。髪は黒くて、眼鏡はかけていない。そして静かにしている。ねえ、黙ってても許してあげないよ。

いいかげん痛いな、と思い袖をめくる。そうして初めて、皮が剝《む》けて血が出ていることに気付いた。中学生のひじから出ているのと同じ色の血。そんなに深い傷ではないけれど、血を出すほどの怪我は久しぶりだった。カーディガンが黒でよかった。ポケットティッシュを取り出して傷に当てる。おばさんが、怪我したの、と目を見開いた。

「そうですね、この子が、」

と言って中学生を指さす。

「スマホ見ながら、自転車に乗ってて、わたし、ぶつかられたんです」

「スマホ、見てたんだ」

おばさんがわたしの顔を見る。自転車はあなたにぶつかったのね。ええ、そうなんです。その後、道路に飛び出してきたんだ、自転車が。それで、わたしの車にも傷がついちゃった。わたしも言う。まだちょっと痛いです。おばさんが再び腕組みをする。なるほどね。

二人だけで交わされる会話の間、わたしとおばさんの表情はどんどん似ていく。眉の寄せ具合も目元の力の入れ方も、声のトーンに合わせて唇の震わせ方も似ていく。

地面に座ったままの中学生を二人で見る。

「それで、どうする？　警察、呼ぶ？」

おばさんが尋ねると、中学生は首を振って立ち上がった。数歩歩いて、大丈夫です、と言う。画面にひびが入ったスマートフォンを拾って、倒れた自転車を起こして、あの、それじゃ、とぶつぶつ言って自転車にまたがるので、ちょっと、と声をかけて呼び止める。

「謝らないの？」

隣に立っているおばさんが、すうっと息を吸ってわたしを見つめたのが分かった。わたしは中学生から視線を外さないまま、右腕の血が出てないところをさする。中学生はびっくりしたような顔をして、わたしの顔を見る。目が、とても黒い。子どもの目だった。まばたきはしてあげない。目のふちに空気がしみる。

「すみませんでした。……あの、本当にすみません」

中学生が首を折るようにして頭を下げる。わたしは「いいよ」と言ってあげる。

許しを与える。悪いことをしたら謝らないといけないけど、謝られたら許してあげないといけない。促される前に自分から謝れたらもっと良かったけど、中学生だからそこは大目に見てあげる。弱い者いじめがしたいわけではない。と、即座に自分からツッコミが入る。じゃあ何がしたかったの？　いちいちうるさい。

「もう、スマートフォン見ながら自転車乗っちゃだめだよ。きみ、どこの中学校？」

尋ねながら、中学生が穿いているジャージの太もものあたりに刺繍《ししゅう》された学校名らしいローマ字に視線を向ける。中学生がおそるおそるというふうに、「丸山中《まるやまちゅう》……」と答えた。それはよく知っている学校の名前だった。大地の顔が頭に浮かぶ。「名前は？」と続けて聞くと、今度ははっきりと顔を引きつらせ、それでも「ヨシオカです」と答えた。

「分かった。じゃあ、気を付けて帰ってね」

「ほんと、気をつけるのよ」

わたしに続いておばさんも、ヨシオカくんに声をかける。その言い方が急にお母さんっぽく聞こえる。今更一人だけ逃げる気ですか。

ヨシオカくんが自転車に乗って走り去る。自転車は壊れなかったらしい。ふらふらと近づいてきた先ほどよりよっぽどちゃんと、まっすぐ走っている。気を付けて帰ってね、と言ったけど、まだ土曜の午前中だ。これから出かけるところなのかもしれない。

「怪我、お大事に。それじゃ」

おばさんが車に乗って、ばたん、とドアを閉める。車が走り去って、わたしも歩き出す。顔から表情を剝《は》がして、眉を、目を、口を、頰を、元の場所に戻す。息を吸う。そう、スーパーに向かうところなのだった。大地が帰ってくるまでに昼ごはんを作ってあげたい。歩きながら、息を吐いてもう一度大きく吸う。お腹《なか》に溜《た》まった熱を吐き出していく。傷口に当てていたティッシュを剝がす。血は止まっていた。ポケットティッシュ一枚で足りた。まるめて鞄に突っ込む。

なんで、ぶつかったる、って思ったんだっけ。

なんてことを考える。ながら運転が危ないから止《や》めてほしいのなら、「前見て運転しないと危ないよ！」と離れた場所から声をかけるのだって良かったはずだ。大地だったら、そうするだろう。右腕の傷が空気にさらされて痛む。人をよけないでぶつかったのは初めてじゃないけど、怪我をしたのは初めてだった。

駅や街中で人にぶつかられることがあると話した時、大地は信じられないという顔をして、実際に疑っているような声色で「おれ、ぶつかられたことないよ」と言った。何言っているんだろうこの人、と思った。大地は中学から大学卒業までバレーボールをしていたという。百八十センチ以上ある身長、腕にも足にも筋肉がそれと見て分かるようについている体。そんなものに誰もぶつかりに行くわけがない。と、そこまで考えて、なんだわたしやっぱりこいつならいいやって選別されてぶつかられてたんだな、と今更のように気付いたのだった。分かっていたけど、分かっていないことにしていたような。それで、わたしもよけるのを止めにした。よけない人のぶんをよけないことにした。

そう決めた日、大地のマンションからの帰り道で、初めて人にぶつかった。それはやっぱり駅でのことだった。東京では、駅に近づけば近づくほど人が人に憎しみを持ち、怪我をさせても不快にさせてもいい、むしろそうしたい、と思うようになる不思議がある。同じ人混みでも、混雑した店の中や祭り会場とは違う。駅の人混みだけが、人の悪意を表出させる。強制させられているからかもしれない。みんな、どこにも行きたくないのに、どこかに行かされている。

日曜の夕方だった。平日の通勤時間帯と比べると人は少ない。電車のホームを歩く。前からスマートフォンに視線を落としたまま歩いてくる男がいた。まだずいぶん離れているところで一度ちらりと前を見て、すぐまた手元に視線を戻した。ちらりと見た一瞬で、わたしの存在に気付いたはずなのに、その後はもう俯《うつむ》いたまままっすぐに突き進んできた。「おれ、ぶつかられたことないよ」という大地のことばを思い出した。ここに立っているのが大地だったら、あの男の人は視線をあげて歩くだろうと思った。壁みたいに大きな体の男が前にいたら、すれ違うまでは前を見るんだろうと。

ぶつかったる。

頭に浮かんだことばに、意識も体も引っ張られるように前を向いたまま、ただまっすぐ歩いた。スマートフォンを見ながら歩いている人は、存在しないっていうことにした。わたしの前には誰も人がいない。道に自分しかいない時に歩くスピードと歩幅で、まっすぐ歩いた。そうしたらぶつかった。男は驚いたみたいだった。えっ、とも、ちっ、とも聞こえる小さな声をあげて、でも何も言わずそのまま進んでいった。立ち止まって振り返ってみたけど、男の方は振り返らなかった。階段を下りて行く。姿が見えなくなる。

ぶつかった時に当たった左の二の腕が痛かったけど、五分もすれば消える程度のほのかな痛みだった。痕も残らない。残るのは、ああこれだったんだ、っていう納得。間違わなかった、正しいことをした、社会がどうとかではなく、わたしがわたしのために正しいことをした、と思った。

ヨシオカくんのふらふら近づいてくる自転車。ぶつからなくても、声をかけて注意をしなくても、ただ体を道の右か左に寄せて、咳払《せきばら》いなんかをして、こちらの存在に気付かせて向こうによけさせたら良かったのかもしれないけれど、ふらふら揺れる自転車が近づいてきた時には全然思い付かなかった。ぶつかったるって思ってぶつかった。だけど、ぶつかられたのはわたしだ。よけてあげなかったから、結果としてぶつかった。よけてあげる。スマートフォンに顔面から吸い込まれていたあの中学生に、わたしが何かしてあげるのは、なんか、おかしい。だからよけなくて良かった。怪我をしてでも、あの子のためにわたしが何かしてあげたりしなくて良かった。ふと、望海《のぞみ》の顔が頭に浮かぶ。そうだ、このことも望海に話さなくちゃ。

そう考えながら歩き、心の底に敷いてある感覚が膜になって、腕の痛みを和らげていることに気付く。これはなんだ、と確かめようとするけど摑《つか》めない。よく知っている感情の一部のような気がする。

スーパーに着いてすぐトイレに入り、洗面台で傷口をすすいだ。従業員入口の隣にあるトイレは、壁に清掃時間とチェックリストの書かれたバインダーが吊《つ》り下げられているのに、いつ掃除されたのか疑わしい汚さで、床にはなぜか野菜の切れ端が落ちていた。ゴミ箱からゴミが溢《あふ》れている、その一番上に血の付いたティッシュを載せた。

カーディガンの袖を手首まで下ろしてトイレを出た時に、鞄の中でスマートフォンが振動したので立ち止まって取り出す。端に寄って画面を見ると、大地からＬＩＮＥがきていた。

〈14時には帰れそう！〉

ＯＫのスタンプだけ返して、スマホをしまう。買い物かごを手に取って、何を作ろうか考える。カレーでいいか。カレーを作って残しておけば、明日と明後日も大地が食べるだろう。

二か月前になんとなく結婚の話をした。大地の部屋で、二人並んで鍋の具材を切っている時だった。にんじんの皮をピーラーで剝きながら、こういうのの延長に結婚があるんなら、おれは結婚したいなあ直子《なおこ》と、と大地が言ったのだった。手に持っていた白菜が急に重たくなって、そっとまな板の上におろした。ざくざく、切った。

土曜の午前中は部活指導があって、大地はいつも昼過ぎに帰ってくる。日曜は有志のコーチが来てくれて、監督役の教員は持ち回りになっているというので、ほとんど休みだった。わたしは金曜の夜に大地のマンションに来て、土曜は昼ごはんを作って大地の帰りを待つ。前からこんなふうに会うことが多かったけど、結婚の話が出てからは特に、毎週欠かさずそうするようになった。

圭《けい》さんにこの話をすると「もう同棲《どうせい》しちゃえばいいのに」と、二人で住むのにちょうどよさそうな物件を検索して送ってきた。圭さんとは、他企業との合同研修会で同じグループになって以来仲良くしている。社会人になってからできた初めての友だちだった。

独立洗面台が付いてて、大地さんは帰りが遅いだろうから直子ちゃん一人でも大丈夫なようにセキュリティのしっかりしてるところがいいよね、とまるで自分の新居を探す時のようにうきうきと、圭さんがわたしと大地の生活を想像する。わたしは自分で想像できなかった部分を、圭さんの想像で埋めて、うきうきした感情も分けてもらって、そうしているうちにそれが元々自分の感情だったように思い始める。

わたしも大地も東京のぎりぎりのところに住んでいる。駅で数えると三つ、大地の方が埼玉に近い。マンションのそばの大きな道路を越えたら、東京じゃなくなる。どちらも田舎にいた頃にテレビで見ていた大都会のイメージとは違う。人が生きて生活している。

生鮮食品コーナーを歩いて、カレーの材料をかごに入れていく。じゃがいもは太るから入れない。代わりにトマト缶となすとアスパラを入れる。さらさらしたカレーは、大地に好評でうれしい。発泡酒のロング缶を二本と、ナッツとチーズも入れてレジに向かう。ぴっぴっと商品のバーコードが読み取られるのを待っている間、なんだか変な心地がして、なんだろうこの嫌な予感は、と落ち着かないでいたけれど、「千七百五十円です」と言われて、はっとする。レジに立っているのは、さっきの車に乗っていたおばさんだった。

あ、と思わず声がもれる。四十代半ばくらいだろうか。短い髪を無理やり後ろでまとめている。車から降りて来た時は髪をおろしていた。その時より老けて見える。

「千七百五十円になります」

聞こえなかったのか、と繰り返される。千円札を先に出して、小銭をじゃらじゃら音を立てて探し、すこし遅れて七百五十円を手渡す。「千七百五十円ちょうど、お預かりします」レジにお金が吸い込まれていく。

「レシートのお返しです。ありがとうございました」

おばさんがわたしの手のひらにレシートを押し付けるようにして渡す。早く帰って、とその手が言っていた。おばさんのエプロンの胸元を見る。名札には明朝体で西方《にしかた》と書かれていた。商品の入ったかごを持ち上げて、レジの前を離れる。かごを台に置いて、スマートフォンを取り出し、自分宛のメールに「西方」とだけ書いて送る。人の名前ってすぐ忘れてしまうから。

かごから商品を出していると、後ろで「西方さん、何してんの」という声が聞こえた。さっと振り返るとレジのそばに男の人が立って、おばさんに何かを注意していた。名札は見えないけど「次は気を付けてくださいね」の言い方に店長か何かかな、と思う。十歳は若いであろう男の人に、はい、すみません、と答えるおばさんの声が本当に申し訳なさそうな響きを持っていて、うわべだけじゃなく感情を滲《にじ》ませた声の使い方に、この人の立場の弱さを感じた。

肉や魚用に置かれた薄い袋のロールの隣に、『お客様アンケート』と書かれたハガキ大の紙と投函《とうかん》箱が置いてあるのが目に入った。アンケート用紙を一枚取って、カレーの具材でいっぱいの袋の中に入れる。

スーパーの袋を持ち上げる。一枚二円の袋。結構重たい。持ち手が太いエコバッグを持ってこようと思うのに、いつも忘れてしまう。今日は怪我をした右手を避けて、利き手じゃない左手で持っているから、余計に重たく感じるのかもしれない。

来たのと同じ道をたどって帰る。タワーマンションの入口にあじさいが咲いていた。さっきぶつかった場所も通る。スーパーから大地のマンションまでは歩いて五分ほどで、その先へさらに十分ほど歩くと丸山中学校がある。ここは都会の隅だっていうのに、それでもこうやって世間は狭い。

大地のマンションに着いて、もう一度傷口を水で洗う。薬類を置いてある引き出しを開けて、消毒液と絆創膏を取り出す。陸上部の顧問をしているからか、元々の性格によるものなのか、大地の常備薬は一人暮らしにしては充実している。大きなサイズの絆創膏もあったのでもらうことにする。水ですすいだ傷口は、ピンク色の肉がはっきり見えていた。傷は小指の半分ほどのサイズで、傷の周りがさっき見た時よりも赤くなってきていた。その赤くなっている周辺まで覆い隠すように絆創膏を貼る。カーディガンの袖を下ろしてそれも隠す。

具材を切って全部鍋に放り込む。煮込んでいる間、ＬＩＮＥを開いて、望海に連絡しようかどうか迷って、結局止める。前に会ったのは三週間前で、わたしから飲みに行こうって誘ったんだった。その前も三週間か一か月ほど空いていた。頻度を間違えたくない。画面を指でなぞって、望海との過去のやりとりを眺める。大学の同級生の望海とは、ＬＩＮＥで長いやりとりはしない。飲んで話そうよということになる。圭さんとはＬＩＮＥのやりとりも長い。会話を自分から切り上げるのがこわいわたしと、毎回丁寧に返してくれる圭さんとの間で、ちょうどいい終わり方をいつも迷う。

カレーができあがった頃に大地が帰ってきた。テレビを流し見しながらカレーを食べた。「来月もまた競技会があってさ」と顧問をしている陸上部の話をする大地を見て、ヨシオカくんは何部だろう、と考える。大地の話は、今日部活で生徒がこんなことをしていたとか、昨日の授業で生徒がこんな発言をしたとか、学校のことが多い。わたしから話すのも仕事の話題ばかりだ。契約取れたと思ったら次の日に考え直したいって連絡がきたとか、飲み会も仕事のうちだって風潮がまだまだ根強いのが嫌だとか、そういう。

愚痴は言うけど、悪口は言わないように気を付ける。隣の席の桐谷《きりたに》さん、口臭がすごいんだよね。特に昼ごはんの後。ほんときつくてたまに耐えられなくなってマスクするんだけど、佐元《さもと》さんもしかして風邪？　気を付けてね、とか言ってくるから、ありがとうございますーって返さなきゃいけないの、なんかすごい腹立つんだよね。とか、それは望海といる時に話すこと。大地には話せない。話さないと決めているわけではなくて、大地と話していると自然に出てこないし、望海と話していると自然と出てくる。

大地は、代わり映えしないわたしの話を、

「直子の話、ためになるよ、ほんと。生徒の中にはいろんな事情で中学卒業したら就職しなきゃいけない子もいるし、おれは学校のことしか分からないから、直子みたいな一般企業でがんばってる人の話が聞けて、すごく助かってる」

と熱心に聞く。あ、消費されてる、って思う。わたしだけのものだったはずの、わたしのストレスや苦労や不満が、教育のために消費されていく。大地が真剣に話を聞いてくれようとすればするほど、つけっぱなしにしているテレビみたいに聞いてくれるだけでいいのにと思う。すこし時間が経つと、大地のためになって良かった、と思い直す。わたしからあげられるものがあってよかった。

昼間と同じカレーを晩ごはんにした後、大地が「アイス食べたい」と言うので、コンビニに行こうとマンションを出ると、すぐ前の電柱の横にゴミが捨ててあった。明日はゴミの日なんだっけ。そんなことを考えながら、半透明の袋の中身に目をやると、一抱えほどの大きさの水槽が入っていた。ガラスの内側に緑色の藻がびっしりと付いている水槽は、底に砂利が敷き詰めてあって、白や黒の砂利の上には、死んだ魚が載っていた。

魚は大きかった。アロワナかな、と魚に詳しいわけではないのになんとなく思い付く。観賞用の熱帯魚らしい姿形をしている。高級魚で、どこかで飼われていたんだろう。けど、魚は魚だ。昨日家の近くの定食屋で食べたホッケ定食を思い出した。お皿からはみ出そうなくらい大きな、ホッケだった。

「ああ」

と大地が言った。言ったというより、つぶやいたというか、ねえそこのお醬油《しょうゆ》取ってとか、寝る前に電気消してって言われた時の返事みたいだった。ああうんいいよ。

大地がしゃがみ込んで、ゴミ袋の結び目をほどき始めた。

「どこかに、埋めてくる」

多分そうするんだろうな、と魚の死骸が目に入った時から思っていたので、驚きはしない。だけど、このあたりに穴が掘れる場所なんてあったっけ。それって不法投棄になるんじゃないっけ。田舎と違って、このあたりに好きにしていい空き地なんて畳一枚分もない。公園の地面は子どもが転んでも痛くないようにウッドチップが敷き詰められていて、穴なんか掘れない。砂場以外は。そうだ、砂場に埋めておくっていうのはどう？　明日、子どもたちが掘り返して、魚が出てきたらきっとびっくりする。死んだやつだけど、なんて。くだらない。心の中でそんなことを考えて時間をつぶす。だって、ゴミ袋の口は固く結ばれていて、なかなか開かない。

三分とか四分とか、そのくらいの時間をかけて大地はゴミ袋を開いた。生ぐさいにおいが、立っているわたしの鼻まで届いて、でも大地は全くそんなにおいなんてしないような顔で魚の死骸を掴むと、じゃあ、ちょっと、行ってくる、と言って歩き出してしまった。大地の手からはみ出た魚の、光沢のある赤紫色の鱗《うろこ》がてらてらと、街灯に反射している。その手で絶対に触らないでほしい。わたしは、不法投棄はまずいよ、と注意する代わりに、

「気をつけてね」

と何に気をつけるんだか分からないけど、そう言う。傍《はた》から見れば、魚の死骸を手に持

って夜道をうろうろしている大地こそ不審者そのものだ。

大地が魚を持って行ってしまったので、わたしは一人でコンビニに行ってアイスを買う。ピノとエッセルスーパーカップのバニラ味。

一階のオートロックを開けてマンションに入る。部屋は六階。エレベーターで運ばれて、他の住人たちの気配が漂うドアをいくつか越えて、玄関に入ってドアを閉めて、ようやくため息をつく。足元に並んだ大地の靴を見つめる。

一緒に行くよ、と言ってほしかっただろうか。きっと、わたしがそう言っても大地は「ありがとう、でも大丈夫だよ、一人で。さっと行ってくるから」と返しただろう。どうせ結果は一緒なのだから、一緒に行くよと言っておけばよかった。そういう子の方が大地は好きだろう。いつもならそうするはずなのに、今日は気が緩んでいたのかもしれない。もしかして結婚の話が前に出たから？　そう考えて、すぐになんだそれとばからしくなる。ばからしくなる、ということにする。

高校を卒業するまで住んでいた田舎では、動物の死体は見慣れたものだった。小学校を卒業するまでの六年間に、車に轢《ひ》かれて死んだ猫を十匹は見た。それは決まって朝で、登校班の列になって歩いている時だった。

「あー猫死んどる」

班長の男の子が大きな声をあげて、黄色い旗の付いた班長棒で道の先を指した。二つ年上の男の子だった。同級生の男子はみんなばかに見えたけど、班長さんは殴ったり虫を投げたりしない優しい人で、好きだった。猫の死体を見つけた時も、

「見たくないやつは右向いとけ」

と後ろについてくる下級生に注意してくれた。猫はたいてい細い道路で死んでいて、それが横断歩道の真ん中だったりした。わたしたちは小学生だったから、横断歩道を渡らないで迂回するという選択肢を持っていなくて「うへえ、くせえ」と言いながら死んだ猫のすぐそばを通った。死んだばかりだから腐っていたわけではない。血や飛び出した脳みそのにおいだった。学校が終わって帰る時には、猫の死体はなくなっていた。「保健所の人が片付けたんじゃ」とみんな言っていた。そうだろうと思うけれど、もしかしたら大地みたいな人がいたのかもしれない。東京と違って、田舎には猫一匹埋めるくらいの土地はいくらでもあった。田んぼも畑も空き地も、何年も「売地」の看板が置かれたままで草がぼうぼうになっているところもあった。どこにだって埋められただろう。子どもだったわたしたちが遊び回っていた公園にも、何匹も埋められていたのかもしれない。

猫以外にも、動物の死体はいっぱいあった。公園の木の下には雀《すずめ》や鳩《はと》が死んでいたし、山や川へ遊びに行くと、犬やネズミや魚の死体があった。大きな死骸ほどくさかった。道路で死んだ猫の死体は半日で片付けられるけど、山や川の死体はいつまでもそのままにされて、腐っていった。都内で動物の死体を見たことはない。のら猫は見かけるから、轢か

れて死ぬ猫がいないというわけではないんだろう。田舎では半日かかる死体の回収が、東京では五分とか十分しかかからないのかもしれない。空き地も山もない東京では、死体をどこに隠すんだろう。

一時間ほどして大地が帰ってきた。結局どうしたのと聞くと、

「公園の植込みに穴掘って埋めてきた」

と疲れた顔で話し、洗面台で手だけではなくて顔も洗った。せっけんのにおいがしたけど、あの魚を摑んだ手だと思うと、すぐには触れたくなかった。今日はもうお風呂に入らないで寝るのかもしれない。そうしたらセックスはしないだろう。じゃあわたしも明日の朝シャワーを浴びればいいや、と今夜の段取りをつける。

「お茶飲むでしょ」

「うん、冷たいのあったっけ」

「ペットボトルのならあるよ」

冷蔵庫から爽健美茶《そうけんびちゃ》を出してコップに注ぎ、大地に渡す。ありがとうと言って受け取り、お茶を飲む大地の前髪が濡《ぬ》れている。

彼氏がゴミに出されてた魚の死骸を拾って、お墓を作ってあげたの。っていうこの話は、望海と圭さんのどっちに話したらいいんだろう。望海は「やばい、ありえない」って言うだろう。圭さんは「すごいね、さすが学校の先生だね」って言いそう。わたしは、やばく

てありえないくらいすごい学校の先生と付き合ってるのか。「そんな優しい人と、よく付き合えるね」これは誰の声だったか。「だって理解できなくない？　なんでそんなことするのか」

魚はもう死んでいる。ゴミとして回収されようが、魚には分からないのに。大地はきっと「かわいそう」だと思って埋めてあげた。わたしが一緒にいなくても、誰も見ていなくても、きっと大地はそうした。わたしの知らない大地の優しい行いが、学校の仕事の中でもそれ以外でも、無数にあるんだろう。

どうしてこんなことをするのか理解できないのに、結婚してもいいんだろうか。祖母にぶたれて赤くなった母の腕を忘れない。同時に、ここで思い出すべきは祖母の暴力ではなく、腕を振り上げた祖母を目の前にして微動だにしなかった父だろう、と思う。思ってから、ぱっと浮かんだ母の腕の映像の隅に、取って付けたように父を登場させる。無理やり浮かばせた父の形はぼやけている。結婚したいなと大地は言ったけど、実はそれだって理解できてない。よくわたしと結婚しようなんて考えるな、と冷めてしまう。

大地といると、損得勘定ばかりしてしまう自分を卑しく感じる時があるけど、一方でこの人はこんなに与え続けても涸《か》れないくらい、持っているし、人から与えられもするんだな、と白けた気持ちにもなる。お金がないと生活していけないのと同じように、優しくしたくたって与えられるエネルギーを持っていないと施せない。優しさが、そんなにたくさんあるなら、すこしくらいもらってもいいよね。世の中の大変なことはお互いさま、と言うなら、わたしがつらい目にあったぶん、大地に優しくされてとんとんだ。割に合わせるにはそうするしかない。

　空になったコップを握ったまま、大地はテレビを見ている。天気予報が流れている。明日は晴れ。そろそろ梅雨入りだね、とわたしが言うと、大地は、雨降ると陸上トラック使えなくなるのが嫌だな、と眉根を寄せる。そのしかめっつらに、アイスもあるよと告げると、大地はぱっと笑顔になって立ち上がり、冷蔵庫に向かう。その後ろを、わたしもついて行く。

＊

　ドライヤーとアイロンで肩までの髪を内巻きにセットする。コードを抜いて片付ける時にアイロンの熱くなった部分に指先が触れた。さっと水で冷やす。火傷《やけど》というほどにはならなかったと安心する。鏡を見る。表情が全然変わらない。熱かったり痛かったり安心したりしても、一人だと顔の筋肉を動かす必要がない。口角をあげて笑ってみる。目元もやわらかく微笑《ほほえ》ませる。同じ一人きりの時間でも、職場のトイレの鏡で見る顔はこっち。

　リビングのソファに座って化粧をする。時計を見る。あと十五分で出なきゃいけない。

髪がなかなかまとまらなかったせいで時間がない。朝ごはんは諦めて、野菜ジュースだけ飲もうと決める。眉毛を梳《と》かしつけるように描き足していきながら、朝ごはんより眉毛の形を優先するおかしさに表情を変えないままいら立つ。眉毛なんかどうでもいいから朝ごはん食べなよ、と一体誰が思ってくれるだろう。頬にチーク、まぶたにアイシャドウ、ビューラーでまつげを上向きにして、マスカラを塗る。マスカラが残り少なくなっていてうまくつかない。帰りにドラッグストアに寄らなきゃいけない。こんな小さい黒い絵の具の塊が二千円もする。

玄関でパンプスを履いて、思い直して脱ぎ、ヒールの高い靴に履き替える。今日まわる営業先のひとつに、ピンヒールをかつかつ鳴らして歩く女性の部長がいて、顔を合わせる時にいつも足元にもさっと視線を送られる。何を言われるわけではない。わたしは長年男だらけの職場で華やかさも失わずに勤めてきたけど最近の若い人はいいわね楽なお靴で。そんな苦々しい気持ちがあるのだろうと、わたしが勝手に想像しているだけ。五十代のその人は髪も化粧も美しく仕上げ、仕事の指示も的確だ。よく思われたかった。

ヒールの高い靴はなじまなくて、十メートル歩いただけで足裏が痛い。痛いけど歩ける痛みだから我慢できる。この靴ひとつでよく思われるなら、と部長の顔を思い浮かべ、部長の先にある契約額の大きさを、契約を取った後の社内評価を、上司と後輩からまた佐元さんがいい契約取ってきたねと言われるであろうことを、それを控えめに見える微笑みで受け取る自分を、思い浮かべる。

列の最後尾に並ぶ、と同時に電車が駆け込んでくる。階段を上る足音が一気に慌ただしくなる。わたしの前に並んでいる人の数をかぞえて、一回では乗れないだろうなと思っていたら、案の定やってきた電車はすでに満員だった。列の前方に並んでいた何人かが、無理やり体をねじ込む。「お体を強く引いてください！」と懇願するようなアナウンスが流れ、ドアからはみ出た人間の塊が必死で縮み、それでも二回、ドアが閉まらずやり直しになった。ぷしゅうーぷしゅうーとドアが音を立てて開閉する度、人間が縮んだり膨らんだりする。試行錯誤の後、ようやく走り出した電車をホームから見送る。流れてくる車両の全部に隙間なく人間が積み込まれている様に、学生の時に読んだホラー漫画を思い出した。ぎゅうぎゅうに詰め込まれた人間の腕や足が絡まり合ってほどけなくなり、皮膚と皮膚が密着しすぎて溶け、頭がたくさん付いた大きな肉の塊になる漫画だった。学生の時にただこわがり面白がって読んだものが、今ほとんど実写で目の前にある。次の電車が来る。わたしは使い捨てマスクを着けて、前に乗り込んだ人たちと同じように、無理やり体をねじ込む。

こんな電車に乗らないと会社にたどり着けないなんておかしい。こんなのは割に合わないと思うのに、他に方法がないからこうするしかない。と、いうのさえうそだ。本当は、電車に乗らないで済むよう職場の近くに住むことだって、あと一時間早く起きて歩いて出勤することだって、選択肢としてはある。だけど職場のある都心近くは家賃が高いし、毎日一時間早く起きて歩く体力なんてない。そんなふうに自分に言い訳をしては、言い訳じゃなくて現実問題としてそうなだけだから、とこれもまた自分に言う。

電車の揺れに負けないよう足に力を入れる。足の力を最後に地面に伝えるのは、たった二本の細いヒールで、せめて職場までフラットな靴で行ってから履き替えれば良かったと思い、だけど自分の胸と他人の背中の間で圧力をかけられてつぶれている鞄の中に、さらに靴まで入れて体積を増やすのも嫌だった。前に一度家の近くのパン屋でパンを買い、昼ごはんにしようと職場に持って行ったら、電車の中で潰れてしまったことがある。顔のすぐ隣に人の頭があって、イヤフォンからその人が聞いている音楽のメロディーラインが届く。決して常識外れな音量で聞いているわけではないのに、頭と頭とが近くにありすぎてイヤフォンに耳を寄せ合うことになるから聞こえてしまう。マスクの中で自分の吐いた息を吸う。他人がこんなに近い空間に押し込められて、マスクもしないでいられる人がいるなんて信じられない。

ぎゅうぎゅうの満員電車で、人間同士の隙間にそれぞれが手を伸ばしてスマートフォンを操作している。ゴールデンウィークより前は薄手のコートを着ている人が多かったけど、だんだんと薄着になって、肌と肌の間の隔たりが減っていくので嫌だ。今日はまだ、両隣が女の人だからいい。肩と腕が女の人とぴったり密着している。彼女の指の動きに連動して腕の筋肉が動いているのが分かる。同じようにわたしの筋肉の収縮も伝わっているんだろう。右腕の傷がカーディガン越しに押されている。ふと、ヨシオカくんのことが頭に浮かんだ。右手に持っていたスマートフォンを親指だけで操作する。その動作をするだけで、じっと固まっていた時よりも周りの人がわたしを嫌いになった空気を感じる。

Ｔｗｉｔｔｅｒのキーワード検索で試しに「吉岡《よしおか》　丸山中　丸中」と入力すると、〈吉岡遅刻！〉という鈴木＠丸中バレー部さんのつぶやきがヒットした。ヨシオカくんとわたしがぶつかった、一昨日の昼に書き込まれたものだった。

鈴木＠丸中バレー部さんのフォロワーをなぞって、「ヨシオカの体重」というアカウントを見つけた。プロフィール画像に学ランを着た男の子が写っているけど、顔にネギのスタンプが押されているので本人かどうか分からない。顔を隠すなら画像なんて付けなきゃいいのに。ヨシオカの体重さんのつぶやきは全体に公開されていて、〈部活だるめ〉〈鈴木が送ってきた動画がやばすぎる〉と身内に向けた内容で書かれている。そのつぶやきに対して、友だちらしい人から返信が付いていた。〈大樹、タイムライン流しすぎだから（笑）〉大樹、たいじゅ、体重。「ヨシオカの体重」で、吉岡大樹。何も匿名にできていないアカウント名に、あやういなあ、と思う。

Ｔｗｉｔｔｅｒは確か、自分の書き込みがフォロワーにしか見えないように鍵をかけることができたはずだ。その設定をしないと、全世界の誰にでも見られてしまう。がたん、と電車が揺れる。離れた場所で誰かが舌打ちをする。わたしが中学生の時にはまだスマートフォンが出始めたばかりで、ＬＩＮＥもＴｗｉｔｔｅｒもなかったけど、もしあったら、こんなふうに使っていたんだろうか。ヨシオカくんのつぶやきにはいつも誰かの返信が付いている。八、九人ほどの人とやりとりをしているようだった。その中にはプロフィールに「丸山中2年2組出席番号17番！野球部レフト。漫画好き。よろしくー」と書いている人もいた。調べようと思えば誰だかすぐに特定できるだろう。これが今どきってやつか。こわー、と思わずマスクの中で息を吐き、白色のボタンをタップしてヨシオカの体重さんをフォローする。

わたしのアカウント名は「さゆみ」。さゆみは、小学四年の時同じクラスだった転校生の名前だ。半年ほどしてまた転校していってしまった。それきり一度も会ってないし、連絡先も分からない。自分に無関係なところが気に入って、インターネット上で名前を求められた時にはだいたい「さゆみ」を使っている。プロフィール画像は、ヨーグレットの箱。アカウントを作った日にたまたま手元にあったのを撮った。

ヨシオカの体重さんをフォローして五分後、フォローを返された。ヨーグレットの画像のさゆみに心当たりがなくても、「動物の画像をみるのがすきです」という無害なプロフィールを目にして、ふーん、と思ってフォローしてしまう子なのね、とヨシオカくんのことをひとつ知った気になる。かわいい動物の画像やニュースやいいねが一万件も付いた芸能人のつぶやきの合間に「ヨシオカの体重」のつぶやきが挟まれる。よろしくね、ヨシオカくん。心の中でつぶやく。

何かが肩に当たり、そのまま置かれる。目だけで振り返る。後ろに立つ若い男のスマートフォンがこつんと肩に載せられている。肩をゆすると、一瞬離れて、また置かれる。咳払いをしても無駄。ねえそれ、そんなに重たい?

駅で電車が止まる。ドアが開く一秒前から、ぐいぐい背中を押される。まだ一ミリもドアは開いてないけど、どこに向かって押しているつもりなのか。腹の上辺りが熱を持ってくる。ぎゅうぎゅうに混んでいて、こんなに押されても、よろめくこともできない。ドアが開き始めるのと同時に、押される力が強くなる。だから、まだ前には進めないんだって。舌打ちしたい。けれど、できない。職場の最寄り駅で、どこで誰が見ているか分からないし、逆ギレされてからまれるかもしれない。からまれたら、殴られるかもしれない。殴られはしなくても、怒鳴られるかもしれない。怒鳴られると、その勢いで唾液が飛んでくるかもしれない。ドアが開ききるまでの一秒にも満たない時間の中で、そんなことを考える。ドアが全部開ききり、ほとんど突き飛ばされるみたいにして、電車から吐き出される。

改札から大通り沿いの歩道に出る。前から二人歩いてきていて、その二人ともがスマートフォンを見ていた。頭ごと全部下に向けて食い入るように画面を見つめている。添えた両手の指がせわしなく上下に動いている。二人とも男で、一人は高校生で、一人はスーツのサラリーマンだった。サラリーマンの方が三歩ほど前を歩き、その斜め後ろに高校生がいる。職場の最寄り駅だからね、と自分に言い聞かせて、まずサラリーマンをよけ、それから高校生をよける。じぐざぐ歩きになる。サラリーマンも高校生も、ちらりとも顔を上げないで通り過ぎて行く。

人と人とがすれ違う時に、前を向いて歩いていたらお互いにちょっとずつ左右によける。自分のぶんと相手のぶんのスペースが平等になるようにする。駅だけでなく街中にながら歩きをしている人はいる。みんな、自分のぶんを誰かが代わってくれるから大丈夫だと思っている。わたしも誰かのぶんを担ってきたなあと、さっきよけた二人の男のことを考える。おそらく二度と会うことのない人。その人たちのぶんをわたしが担ったこと。これは忘れてはいけないな、忘れてはいけない、と口の中でつぶやく。手帳を取り出したかったけど、職場に着いてからにしようと思う。息が苦しくなって、マスクを外す。

前を歩いている女の人が煙草を吸っていてくさい。息を止めて足早に追い抜く。風は前から後ろに吹いているのに、それでもまだくさいような気がする。なるべく大きく聞こえるようにため息をつく。けれど、追い越しざまに見た女の人はイヤフォンをしていたから、わたしが息を吐く音なんかは、もちろん届かない。

後ろから「おはよう」と桐谷さんが声をかけてきた。振り返るまでの間に、痛みを感じるほどのスピードで表情を作って、「おはようございます」と挨拶を返す。明るくしすぎた自分の声のトーンに辟易《へきえき》しながら、並んで歩く。だいぶあったかくなってきましたよね、などとどうでもいい話をしていると、突然「今度、飲み会に同席してくれない？　うちの担当に女の子いないんだよ」と頼まれた。

ちょうど一回り年上の桐谷さんは、新卒で入社した時から、わたしのことを時々「お嬢さん」と呼ぶ。佐元さんという名前ではなくて、たとえば重たい荷物なんかを運ぼうとする時に「お嬢さん、そういうのはおじさんに任せてくださいよ」と冗談の調子で言うようにして。荷物は人から人の手に渡って部署まで届いたものだから、女だろうと平均的な腕力があるわたしに持てないものではない。入社したての頃は「大丈夫です」と断って自分で運ぼうとしたが、その度に「いやいやいやいや」といやを四回も重ねて「おれが運ぶから」と押し切られた。今では「いつもすみません」とすぐに荷物を手放している。そうすると桐谷さんは喜ぶ。

前から歩いてくる人を桐谷さんとは反対の方向によける。わたしと桐谷さんの間を何人かの人がくぐり抜けていく。アスファルトに吐き捨てられた誰かのつばが白く泡立っていた。絶対に踏まないように慎重によける。

桐谷さんが告げたのは、担当ではないエリアの、担当ではない企業名だった。「向こうは部長だけじゃなくて理事まで来るらしくって。佐元さんにとっても絶対勉強になると思うから」と力強く言われ、「ありがとうございます」と、お礼を引き出されたところで会社に着いた。

自動ドアの横で紫色の清掃服を着た男の人がゴミ箱のゴミを回収している。おはようございます、と挨拶をして通り過ぎる。いつものことだけど紫の清掃服の人は挨拶を返してくれない。黙々とゴミ袋を交換している。偉いよね佐元さん、清掃員さんにまで挨拶して、と桐谷さんが感心する。そんなこと言う口が空いてるんなら桐谷さんも挨拶をすればいいと思う。職場の敷地内で誰かに挨拶をしそびれるのが恐ろしくないんだろうか。すれ違う人全員に挨拶していれば「あの子挨拶もしないで」と言われるのだけは避けられるし、挨拶ができるだけでいい子だと思われる。

パソコンの電源を入れ、画面が立ち上がるのを待つ間に、手帳を開き、余白にメモ書きを入れる。

桐谷　飲み会、コンパニオン要請、今年4回目
その上から付箋を貼って文字を隠す。付箋には〈末永ピアノ13時ＴＥＬ〉と書く。末永《すえなが》ピアノなんて取引先はない。田舎にあったピアノ教室の名前だ。小学生の時に通っていた。先生が厳しいので大嫌いだった。

単行本サイズの手帳を、一日一ページずつ使っている。見開きで二日ぶん。今日は右側のページだから、この付箋は明日剝がして捨てる。業務日誌として、その日やることを箇条書きにしている。プライベートの予定も書き込んでいるので、人には見せない。他の人と組んでやる仕事は社内システムのスケジュール管理に登録しているけど、自分一人で完結する仕事は手書きにする。この方が進んでいる感じと、終わっていく感じがするから。

余白に、夜は飲み会とか、昼何を食べたとか、雪が降ったとか、今日は節分とか、メモ書きもする。毎日ではないけど、気が向いた時だけ。ぱらぱらめくって、過去の書き込みを見返す。駅、サラリーマン、じろじろ、スマホ、桐谷、田舎育ちなんてうらやましい、煙草の煙、口臭。単語だけでその日のことを思い出すし、じっくり読み返して怒りの温度を上げることもできる。

朝の駅、歩きスマホにぶつかられる
マンションの前で煙草、ベランダから水をまく
桐谷「お金持ちと結婚しなよね」と繰り返す、ばか
部長、クレーマーの電話の後「ビョーキかよ」と言う

忘れない、と思う。わたしは絶対に忘れない。それがあったことも、その時に発生した怒りも不快も、時間が経ったからって許さない。〈末永ピアノ13時ＴＥＬ〉の付箋を指でなぞった。

「来客用のお茶って誰が買い足してくれたの？」

桐谷さんが部屋の中を見渡しながら声をあげた。しまった、と思いながら小さく手をあげる。桐谷さんがわたしの目を見て微笑み、

「やっぱり佐元さんか、どうもありがとう」

と言って、自分のマグカップに手を伸ばす。来客用とは名ばかりで、緑茶もコーヒーもほうじ茶もこうやって社員が消費してしまう。桐谷さんがよく飲んでいるインスタントのコーヒーが数日前になくなっていたので買い足したのだった。事務で採用された新入社員の二人が慌てたように立ち上がり「すみません」と口々に言うので、

「ううん。他にも買うものがあったからついでに発注しちゃった。ごめんね勝手に」

と謝る必要のないことに謝り返す。ごめんにはごめん以外ぶつけていいものがないから仕方ない。申し訳なさそうな目と眉と、口元だけは微笑ませた顔を作って見せ、数秒間無意味に頷き、その頭の上下運動でごまかしながらパソコンに視線を戻していく。二人はまだこちらを見ている気配があったけど、仕事に集中しているふりをする。気づかなかったあなたたちが悪いのに。謝りながら責めるような目で見てくるくらいだったら、あなたたちが先に気が付けばいい。

左隣からコーヒーのにおいが漂ってくる。いいにおいだと思うのは最初だけで、桐谷さんが一口でも飲んだ後は、コーヒーのにおいの中に桐谷さんの唾液が蒸発した成分が含まれているような気がして気持ち悪い。

コーヒー飲めないけど、においだけは好きなんですよ、と前に言ってしまったせいなのか、桐谷さんはデスクの右側にマグカップを置く。においだけお裾分け、ってことだろう

か。コーヒーがあのどす黒い見た目どおり毒だったらいいのに。桐谷さんの方をちらりと見ると、パソコンのデスクトップ画像が目に入った。四歳になる娘さんがブランコに乗っている写真。桐谷さんと目が合う。佐元さんも飲む？　といったふうにコップを持ち上げるジェスチャーをされ、笑って首を振る。おもしろーい、みたいな感じで。人質でも取られているみたいにいい子にするよね、と自分で自分に言う。なんでそんななん、と生まれ育った土地のことばで突っ込む。しゃあないやんそうしてしまうんじゃけん。言い訳をする自分の声。桐谷さんが不幸になりますように、と息をするように思う。これは会社で話す東京のことばで。しばしば、思う。

人よりもすこし先に気づくタイプの子どもだった。たとえば日直の子が黒板を消し忘れているとか、校長先生が飾ってくれた花の水やりを誰もしてないとか、そういうことに。気づいてしまったって、他の子たちのように、えー、あれって誰もしてないよねー、やばくない？　と、きゃあきゃあ言えば良かったんだろう。やばいよね、でもどうでもいいよね、って。

わたしが黒板を消したり、花の水をやったりしたことに気づいた子はちゃんと、えーあれって直子ちゃんがやったの？　係じゃないのに？　と大きな声で友だちに向かって話した。直子ちゃんって、ほんとにいい子だよねー。そんなふうに。その声には、彼女たち自身がまだ捉え切れていなかった「なんかむかつく」が見え隠れしていた。わたしは誰も見ていないところで花に水をやる知恵を付けた。それでも基本的にはいい子でいれば、ほめられたし、いざという時は先生のような大人が守ってくれた。

　圭さんに会いたい、と思う。迷ったけれど、〈また近々ごはん行きませんか？〉とLINEを送る。圭さんから返信が来るのは多分昼休みだ。彼女は仕事中に絶対スマートフォンを見ないタイプの人だ。それが分かってるから返信がなかなかこなくてもしんどくない。これが望海だったら違う。望海はいつもすぐに返信がくるから、一時間とか二時間とか返信がこないと、その前に会った時のことを反芻《はんすう》して思い返し、何か不快にしてしまっただろうかと不安でたまらなくなる。会議に出てた、映画を観てた、お風呂に入ってた、とかいくらでも返信が遅くなる理由はあるのに、携帯電話を買い与えられたばかりの中学生のように、わたしはまだ早さと遅さに囚《とら》われ続けている。大地とは平気なのに、友だちとやりとりをする時だけ、こうなる。

　来客用のお茶、買い足してくれたのって佐元さんでしょ？　って言われることが、恐ろしい。あなたたちが先に気づけばいいのに、って思ったそばから、あんたも気づいたからってやらなきゃいいじゃん、って言い返される。子どもの声で。多分昔友だちだった誰かの声。それができないんだよ。わざとやってるんじゃなくて、いいことも、にこにこしちゃうのも、しちゃうから、しちゃうだけなの。いつの間にかわたしは子どものことば遣いで言い訳めいた説明をしている。案の定、鼻先を靴で蹴り飛ばすみたいに「じゃあ直子ちゃんが悪いじゃん」と、頭の中の子どもに突っぱねられる。
その声をかき消すように手帳を開いて、
来客用お茶発注、新人二人気づくの遅すぎ
と書き込み、それが社会人年数を重ねつつある思慮の浅い若者の愚痴テンプレートに見え、余計にいら立った。
トイレに立ち、個室の中でカーディガンの袖をめくって、ヨシオカくんとぶつかったところを見る。かさぶたになって、根が皮膚の下に深く入り込んでいる。無理やり剝がしたら血がたくさん出るだろうな、と考えながら、人差し指で傷の上をなでる。傷は痛まなかったけど、周りが青く内出血していて、押すと痛かった。ぶつかった時の衝撃と比べると、その傷は派手に見えた。自転車とぶつかった時は痛かったけど、こんなに派手に目立つ痕が残るほどの衝撃には感じなかった。カーディガンを手首までおろす。便座に座っておしっこをしながら、スカートのポケットからスマートフォンを取り出した。Ｔｗｉｔｔｅｒを開く。タイムラインを指でなぞっていくと、ヨシオカくんの新しいつぶやきがあった。二時間前、午前八時のつぶやき。
〈今日プール掃除とか地獄。絶対しみるやん〉
それに対して〈なに?怪我?〉と直後に友だちのコメントが付き、ヨシオカくんもすぐに〈一昨日チャリで転んだ。てゆーか車にひかれた笑〉と返していた。

ひかれたかあ、と内心苦笑して画面を閉じる。あのおばさん、今日もスーパーのレジ打ってるかな。あの人がこのつぶやきを見たらどう思うだろう、と想像する。どう思って、どうするだろう。ばかじゃないの、と一蹴して無視するだろうか。それともいよいよ警察に申し出るだろうか。わたしは悪くないですけど、後々のことを考えたらこうした方がいいと思って、とか言って。なんてことを考え、水を流して個室を出る。

自席に戻ってパソコンのスケジュールを開く。外に出るのは午後からでいい。午前中に溜まっている事務処理を終えられたら、営業先から直帰できそうだった。うちの会社は、予約管理システムなどのパッケージを売っている。ピアノやヨガの教室に通う人がスマートフォンやパソコンから次のレッスンの予約を取ったり、大きな会社では社員との面談管理に使ったりもしている。他社と比べて安価で、ユーザー画面のバリエーションが多いので使いやすいと評判だった。うちの会社でいくつか扱っているパッケージシステムの中の代表商品でもある。時代に合わせて、いろいろな企業やお店がうちもシステム化しようと考える。その時に「次の約束をシステムを介してする」のは、導入としてちょうどいいのかもしれなかった。

わたしの担当は埼玉から東京の埼玉高速鉄道と地下鉄南北線沿線エリアで、大小さまざま、会社はいくらでもある。今日は三件アポイントが入っている。うち一件目は新規だ。英会話教室。なんとか契約の話まで持っていきたい。資料を見直して、昼食もそこそこに席を立った。桐谷さんが隣の席であくびをしているのが目に入った。

地下鉄で移動している間に、圭さんから返信がきた。〈うん！行こ！平日の夜ならだいたい空いてるよー〉というメッセージに、うさぎが喜んでいる絵のスタンプ。スタンプのうさぎが笑顔なのを見て、ばかばかしいけどほっとする。何度かやりとりをして、明後日の夜会う約束をした。スマートフォンをサイレントモードに設定してしまう。


最後の営業を終えたのは十九時過ぎだった。近くのドトールに入ってタブレットを開き、社内システムにアクセスする。桐谷さんのメッセージと、いくつかのメールに返信した。会社に電話をかけて直帰する旨を伝え、お疲れさま、と言う桐谷さんの声を引き剝《はが》すようにスマートフォンを耳から遠ざけて切った。

テーブルに出していた手帳とペンをしまおうとして、そうだあれがあったなと思い出し、手帳に挟んでいたスーパーの『お客様アンケート』を取り出す。ご意見・ご感想欄に「西方さんという女性のスタッフの方が、中学生をひき逃げしました」と書く。いつもより整った字で書けた。特に「逃」の字のしんにょうのバランスがいい。気分がよくなって、『お客様アンケート』を手帳に挟み直す。

帰りの電車も、朝ほどでないにしても混んでいる。人と密着はしないけど、鞄が触れたり毛先が触れたりする距離に立っている。電車ががたごと揺れる度、すこし緊張する。全員が全員不快な気持ちで過ごす。誰かが何かにいら立ち舌打ちをする。それが次の舌打ちを呼ぶ。この中に優しい人間なんて一人だっていない。優しい人は、東京じゃ電車にだって乗れない。ヒールの高い靴で歩き続けた足が痛かった。

Ｔｗｉｔｔｅｒを開いてヨシオカくんのつぶやきに目を通す。午前中に見た〈一昨日チャリで転んだ。てゆーか車にひかれた笑〉に対して、学校が終わったらしい夕方以降、次々と反応が返ってきていた。〈通報しよ！〉〈ていうかしとくわ俺（笑）〉〈どこで？それで部活遅刻したってこと？〉〈リアル事件やん〉と、それはすべて丸山中の生徒たちのようだった。ヨシオカくんが〈部活行く途中〉〈おばさんに〉〈チャリごと倒れてやばかった〉〈でもまー寛大だから通報はしねー（ほめて）〉などと返し、やばすぎる、と盛り上がっている。電車が揺れて止まる。駅名の表示を見ないで、アナウンスを聞かなくても、体感時間と揺れの感覚で、ここが自分の降りる駅だと分かる。スマートフォンを鞄にしまって、人波に乗って電車から降りる。

帰り道、駅から一本入った路地裏で座り込んでいるおじいさんがいた。あかりの消えた不動産屋の前。通りすぎる、ふりをして様子を窺《うかが》い、引き返してもう一度様子を見た。パジャマのような服を着ていて、出かける服には見えない。ホームレスというわけでもなさそうだった。顔は俯いていて見えなかったが、むき出しの腕や髪の感じから、かなり高齢だと分かった。八十か、九十くらいか。

あの、大丈夫ですか。おじいさんの前に立ってそう声をかけると、おじいさんが顔をあげた。あー、大丈夫です。か細い声でそう答えるおじいさんの目がぼんやりしているのが、酔っぱらっているからなのか体調不良のせいなのか分からない。しんどそうですけど、誰か呼んで来ましょうか？　続けて尋ねると、おじいさんは重たそうに首をゆっくり左右に一度ずつ振って、いや大丈夫です、と言いまた頭を下に向けて膝と膝で挟み込むようにした。

わたしはしばらく立ち尽くした後、おじいさんがもう顔をあげようとしないのを見て歩き出した。何度か振り返ったが、おじいさんは膝の間に頭を落とした体勢から変わらない。通行人がちらりとおじいさんに目を向けるけど誰も声はかけない。暑くも寒くもない季節で、雨が降っているわけでもないから死にはしないだろうけど、だけどもし病気が悪化して死んだら、と考えてしまう。この道は明日の朝も通る。その時に、もしまだいたら？

コンビニに入る。別に買いたいものがあったわけではないけど、帰りがたくて吸い込まれるように。冷蔵庫の前でしばらく悩んだ後、ペットボトルの水を一本買う。水を持ってさっきの場所に戻り、しゃがみ込んで「おじいさん」と声をかけた。

「体調が悪いんじゃないんですか、よかったらこれ、お水買ってきたから飲んでください」

おじいさんが顔をあげて驚いたようにわたしの目を見る。ペットボトルを差し出すと手を伸ばして受け取って、ありがとう、と言った。

「おうちどこですか、帰れますか」

と聞くと、おじいさんは後ろの不動産会社を指さした。

「この上に住んでますから」

「そしたら、家の中に入って休んだらいいのに」

「一人やしそっちの方が危ないのよ」

とおじいさんが薄く笑みを浮かべる。

「ほんとにやばなったら、駅の人に声かけて見てもらいますんで」

と言うので、わたしはようやく肩の荷がおりた気がして頷いて、立ち上がった。それじゃあ、と言って立ち去る。もう振り返らなかった。

ちょうどよくできた。この後で、あのおじいさんがどうなろうと、知ったことではなかった。わたしは通行人Aであるところのわたしがすべきだと思うことを全部した。

家に帰るとわたしはひとりで、今日わたしがした、おそらくは「善行」と呼ばれることを、わたし以外の誰も知らないのだと思いながら、お湯をためてお風呂に入り、缶ビールを飲んだ。いい気持ちがした。誰も知らないというのが良かった。本物である感じがした。

二本目のビールを手に取りながらＴｗｉｔｔｅｒを開く。ヨシオカくんのタイムラインは、相変わらずひき逃げだと言って盛り上がっていて、とうとう、第三者からの書き込みがあった。思わずビールをテーブルに置いて、両手でスマートフォンを持ち直す。

〈通りすがりの大人ですが、真面目な話、交通事故はその被害の大小にかかわらず警察に届ける義務があるので、今からでも通報した方がいいですよ。〉

アカウントのアイコンはスーツを着た男の人だった。塩野《しおの》さんという名前で、プロフィールには「自営業です。」とだけあった。つぶやきを遡って見てみると、Twitter上で目についたものにあれこれとコメントを残している。ヨシオカくんの〈一昨日チャリで転んだ。てゆーか車にひかれた笑〉というつぶやきを引用する形で、さっきのコメントをしているので、塩野さんのフォロワーが反応し、ヨシオカくんへも続々と無関係の人たちがコメントを寄せていた。その様子に、鈴木@丸中バレー部さんが〈身近で大事件。やべえ〉とつぶやき、ヨシオカくんもそれに〈うん〉と一言返していたが、塩野さんには直接コメントを返していないようだった。

なんだか盛り上がってきたな、と心がざわつく。ビールに手を伸ばす。Googleで「ひき逃げ　通報しない」と検索してみる。「だめです」とシンプルな回答がトップに出てきた。だよね、と一人で頷く。通報しなきゃだめだ。

これって車と歩行者・自転車の場合だけじゃなくて、自転車が歩行者にぶつかっても同じなのかなと思い、こちらも検索してみる。検索結果の一ページ目に「運転していたのが十四歳未満の未成年であれば刑事責任は問われません」と、調べたいこととは別のことが出てきたので、十四歳未満の未成年によるひき逃げが多いんだろう。「自転車にわざとぶつかったら」というのも検索してみたが、出てくるのは自転車が歩行者にぶつかったり、車が自転車にぶつかったりする場合ばかりだった。

自転車にわざとぶつかったら、と検索窓に出ている文字を、一文字ずつ消していく。別にわざとじゃないけど、と思う。誰に向けて思うのか分からないけど思う。右手で握ったままのビール缶が冷たさを失っていく。スマホの画面に視線を向けたまま飲む。アルコールが全然まわらない感じがする。

ヨシオカくんの同級生たちのつぶやきを一通り見回っている中で〈でたよ大地ファン〜笑〉というのが目に入った。制服を着た女の子のアイコン。二人写っているのでどちらの子かは分からないが、どちらも目が大きく加工されているので同じ顔に見える。つぶやきは、〈てゆーかマジ好き〉と続いている。〈でも彼女いるっぽいじゃん〉〈ぽいじゃなくているじゃん、先生自分で言ってたし〉〈わざわざ言うって何？けんせー？〉〈じゃね？笑〉〈真面目じゃん！あーもおそういうとこ好きすぎるんだけど！〉〈矛盾で不毛〉〈純愛〉

心臓の表面がざらっとした、それが何なのか自動的に考えそうになり、考えるのは止めておこうよ、とこれは意識して自分に言い聞かせたものの、結局はやはり考えてしまう。優越感を抱きそうになったんだった。そのことに嫌悪感を抱き、けれどすぐ中学生に対して優越感を抱くなんて馬鹿だと思って嫌悪感を覚える、そのこと自体が恥ずかしいことのように思えて、ならば素直に優越感を抱いてしまったことを認めればいいのか、というと相手が中学生かどうかとは無関係に、大地と付き合っていることに優越感を抱いてしまうこと自体がおかしい、と思う。

結婚するんだろうか、と考える。考えるのと同時に、考えるって言ったってどうせするに決まっているのに、とも思う。大地に結婚したいなあと言われた時、うれしい気持ちを探した。心の中を検分して、これじゃないという気持ちやことばをよけて。そうしてようやく「うれしい」と口に出して言った。言いながら頭の中にはふつふつと、別のことばが浮かんできていた。みる目ないな、教師のくせに。とかそういうの。すぐに別のことばをぶつけて抵抗する。卑怯者《ひきようもの》。自分だってそう望んできたくせに。

女の子たちのつぶやきにもう一度目を通す。その中に〈わたし、彼女見たことあるよ〉という書き込みを見つける。〈新宿の映画館から、二人で出てくるとこ見た。けっこう美人だった。髪長くて、女子アナ系〉

たんっ、と指の腹で音を立てるようにしてスマホ画面をタップし、彼女たちのつぶやきを画面から消す。ヨシオカくんのアカウントに戻り、寄せられた反応を眺める。ヨシオカくん自身は沈黙したままだった。黙ってるとよくないよ、と思っていたら、とうとう塩野さんが動いた。

〈警察に通報しておきました。埼玉県の丸山中の生徒さんですよね？こちらにはあえて記しませんが、おそらくお名前も分かったので、念のため中学校の方にもお電話しました。〉〈突然のことで子どもの手には負えなかったんだろうと思うので、なんで通報しなかったんだって責めるように言っている方々には自粛を求めます。そもそもひき逃げした女性が百パーセント悪いんですから〉〈これ以上はネットで騒がず、後は周りの大人たちが責任持って対応すべきかと。それでは。〉

＊

「それで」

乾杯したビールジョッキのガラスが鳴る余韻が消えないうちに、望海が切り出す。〈今日飲まない？〉と連絡がきたのは十九時過ぎだった。望海のいつもの突然さに、うれしくなるよりも先に安心した。〈飲む飲む〉と返信し、まだ会社に残っていて良かったと思いながら、仕事を手早く切り上げた。

「最近どうなの」

その瞳の黒と白の境のところから期待がにじみ出ているのを感じて、

「別にたいしたことは最近ないんだけど」

と前振りをする。望海がそれでそれで、と期待を高めていく。

「仕事帰りに、駅の高架下のめっちゃ混んでるとこで、スマホ見ながら突っ込んでくる女がいたから、よけなかったらぶつかって、そのくせ謝らずにそのまま行こうとしたから、ついてってって、謝ってってって言ったのね」

「何歳くらいの女?」

「多分同い年くらい。二十五歳前後の、会社帰りっぽい、スーツ着てて、けっこう美人で。今思ったら仕事帰りなのに髪とか化粧とかやたらちゃんとしてたなー」

「彼氏が家で待ってるとかじゃん。で、どうなったの」

望海が枝豆に手を伸ばす。ぷっと絶妙な力加減でさやから豆を押し出して口に放り込む。

「ぶつかったんで謝ってくださいって真後ろで言ったのに振り返らないで、スマホ見たまんま歩いてくからどんどん駅から離れて行って、わたし帰るの反対方向だったからこれ以上遠くなるのやだなーと思って、前に回り込んで目の前に立って謝ってってって言ったのね。そしたら、警察呼びますよって言われちゃって」

「へ、なんで?」

「わかんない。だから、どうぞ?　って言ったらほんとに一一〇番されちゃってさ」

「やばい、超うける!」

望海が枝豆もビールジョッキも手放して前のめりになる。手を口元にやって、目を輝かせる。

「警察の人が三人も来て。駅前の交番からだったと思うんだけど、自転車で。それで、どうしましたか？　って聞かれたから、駅前でぶつかられたんで謝ってって言ったけど無視されたんでついてきました、って言ったら、怪我は？　って聞かれて、そういやまだ痛いなーと思って、人に見えないように後ろむいて服めくってみたのね。このあたりだったんだけど」

と言って、へその右側を指さす。

「まあまあ時間経ってたのに赤くなってたから、警察の人に赤くなってますまだ痛いです、って言ったら、救急車呼びますか？　って。呼ぶわけないじゃん！　っていうね」

望海が手を叩《たた》いて笑う。

「そんなんで救急車呼んだら救急隊の人怒るよね。警察も、こんなんで一一〇番すんなよって感じだろうけどさあ、その呼んだ女どうしてた？」

「わたしと女と離れた場所でそれぞれ違う警察官と話してたから、何話してたか分かんないんだよね。こっち指さしてなんか訴えてたから、難癖つけられた、頭のおかしい女につきまとわれた、とかそんな感じじゃないかな」

「頭のおかしい女！」

望海がまた笑う。ひっひっ、と望海の喉がひきつるのを見て、演技ではなく本当に笑っていることに安心する。

「警察官に、えーとそれではどうして警察を呼ばれました？　って聞かれて。いや知らんし……通報したのわたしじゃないんで、なんででしょうねって首かしげてたら、相手の女が別の警察官と一緒に近づいてきて、謝ってきたのね。ぶつかってすみませんでした、怪我はないですか、って。すっごい言わされてる感あったけど、謝られたからもういいやと思って、許します、って言って帰ったよ」

「許します！　やばいね、名言」

望海はその日何度も、許します、を繰り返し使った。店員がポテトフライのオーダーを忘れていたのも「許します」、おかわりのビールがなかなか出てこないのも「許します」。そのふざけきった、楽しんでいる感じに、わたしはずっと安心して、ようやく枝豆や焼き鳥がおいしいと味が分かるようになる。

上司がむかつくとか肩こりがやばいとか、その後に話したことはどうでもいい、誰とでも話すようなことばかりだったけど、そのいちいちに「その上司死ねばいいのにね、具体的にはなるべく苦しんで死ぬように、車にひき逃げされて誰にも気づいてもらえないまま冷たい雨に打たれて死んでいってほしい」だとか「肩こりすぎてやばい、頭もいで外して肩ほぐしたい」だとか、過剰に乱暴なことばを付けて話した。望海と話す時はいつでもこうだ。大学のボランティアサークルで一緒だった望海とは、卒業しても時々こうして二人で飲みに行く。一軒目でしらふの状態の時から、三軒目で泥酔してなにもかもどうでもよくなっている時のような話しぶりを、望海は求めた。

ボランティアサークルにいた時から「就活で使えると思って入った」と公言していた望海は、安直だけども実直にそのアピールポイントを活用してメガバンクに就職を決めた。同じくボランティアに興味はないものの、これといった趣味もないので入ろうと思ったわたしと、望海は仲が良かった。と言っても、しょっちゅう遊ぶわけではなくて、サークルで集まった時になんとなく隣にいる、距離感だった。本が好きなら文芸サークル、音楽が好きならバンドサークルに入るんだろうし、好きなものがない人たちは、散歩サークルや鬼ごっこサークルに入る。わたしがボランティアサークルに入ったのは、みんな平和そうで不快な人間はいないんじゃないかと期待したからだったけど、その中にいても仲良くなるのは望海のような人だったから、結局は自分から逃れられない。

「上司が事故死したら絶対にやにやしちゃうな、うれしくて、隠せないかも」

と言いながら、最初からこうではなかった、と思い返す。望海と仲良くなったばかりの頃はこんなに露悪的ではなかった。

「直子はなんでも話してくれるから好き。みんな猫だか皮だかかぶりすぎてて、うそばっかでつまんない」

ぽろりとこぼれた悪口や汚いことばへの反応を見て、こっちがいいかな、この言い方がいいかな、と模索していくうちにどんどん過剰になっていった。さっき話した、警察を呼んだ女にぶつかられた時だって、その背中について行く間何度も、望海にどうやって話そうかと考えてなかったか。実際に一一〇番をする、それまで見つめていたスマートフォンを耳にくっつけて話す女を見て、やばい大変なことになった、という気持ちは確かにあったのに、それ以上に望海に話せることが増えたという興奮がなかっただろうか。

直子、見た目は大人しいのにさあ、と言われて、望海の目に映っているであろう自分の姿を想像する。肩の上で切りそろえた黒髪、主張のない目と口と鼻は、前向きに捉えれば化粧でどうとでもなる顔立ちといえる。望海は目と口が大きい、南国が似合う顔をしている。マスカラが必要ないくらいはっきりと濃いまつげがうらやましく、望海と会う時はついいつもより濃くアイライナーをひいてしまう。

「やっぱり直子最高。また飲もーねー!」

駅で望海と別れて帰る。前から歩きスマホをして突っ込んでくる男をよける。それは無意識の動きだった。ぶつかりそうだったからよけただけだった。けれど、よけてしまった瞬間に、やっぱりわたしは偽物だと思った。いつもいつも同じことができるわけじゃない。いつも同じルールで、同じ物差しを持って世界と対峙《たいじ》できる人になりたいけどなれない。明日、と頭の中でスケジュールを思い浮かべる。明日は、圭さんと会う約束がある。圭さんには絶対、ぶつかったとか警察とかそんな話はできない。出会った場所が研修会で、会社用の顔をしていたせいもあって、圭さんの前でわたしは特別にいい子だ。

許します、と望海が連呼していたことばが浮かぶ。大地の顔も浮かぶ。許します、とわたしは思う。

「直子ちゃん、もしかして結婚決まった？」

圭さんは結婚の話が好きだ。有楽町のケーキが食べられるワインバーで、ケーキもワインも出てきていないうちから、無邪気にそう尋ねてくる。テーブルの上にそっと置かれた左手には、結婚指輪と婚約指輪が重ねて着けられている。

「ううん、まだ、全然」

自分で言いながら、なんて残念そうな声を出すんだろうと思う。かなしそうで、寂しそうな声。

「でも今度、また大地さんの家族とごはん食べるんじゃなかった？　あれ、もう食べたんだっけ？」

「来月の予定。おかあさんの誕生日のお祝いで、ごはん食べにいくの。ランチだけど」

「すっかり家族ぐるみじゃない。もうそれほとんど結婚してるよ」

店員がいちごの載ったシフォンケーキと白ワインを運んでくる。圭さんが小声で「ありがとうございます」と言う。わたしはワインに手を伸ばし、圭さんはフォークを手に取る。圭さんがケーキにフォークを差し込む。スポンジが縦に、美しい形のまま切り取られる。

圭さんはお箸の使い方が綺麗《きれい》だし、こうしてケーキを食べるのだって丁寧だ。口へ運ばれていくケーキ。小さすぎず大きすぎもしない、ケーキを中に入れるのに必要なぶんだけ口を開く。

「圭さんの結婚式、素敵だった。あんなふうにしたいんだけど」

と続ける。圭さんの優しい顔がますます柔らかくなって、頰の肉が震える。

結婚式の写真もう一回見せて、とせがんで見せてもらう。圭さんのスマートフォンを二人で覗き込む。東京駅にほど近いそのホテルは、東京の真ん中にあるのに、四階のチャペルの大きな窓からは皇居の緑が映えて美しい。披露宴のテーブルの花や木の枝を使った上品でセンスのある飾りつけ、おいしい料理とケーキ、テーブルクロスやナプキンの色ひとつ取っても、全部圭さんが選び抜いたものだった。素敵だと思う。結婚式をするなら自分もこんなふうにしたいと、本当に思う。その一方で、望海と飲みに行った時には、

「結婚式ってする意味分かんない。自分たち二人だけならともかく、親族とか友だちとか職場の人とかの、貴重な休日の時間とお金を奪ってまで、自分たちが主人公の時間を演出して、大切なみなさんに見守っていただきながら本日晴れて夫婦となりました！　とか言うでしょ。いやいやもう意味わかんない。あんな、ドレスなんか着て、見てくださいわたし主人公です、ばーん！　って。恥ずかしい」

と口を斜めに歪《ゆが》めて話す。結婚式なんかをするのは恥ずかしいことだ、と思っているの

も本当だった。しなくていいならしたくない。披露宴っていうけど、披露なんかしたくない。けれど、と大地の顔が浮かぶ。大地と結婚するなら、結婚式は絶対にすることになるだろう。するかしないかなんて話にすらならない。

スマートフォンの画面を指でなぞり、次々写真をめくっていきながら、

「結婚式ってほんと素敵」

と言う。自分の中には心が本当に二つあるのだと思う。裏と表、という単純なものではなくて。悪く言う方が裏で、裏が本当というのは違うだろう、という確信。

「結婚式ってする意味分かんない」

と望海に言いながら、頭の中では圭さんの結婚式で感じた美しさを思い出したりもする。同じように、知り合いの結婚披露宴に行って、ウエディングケーキを食べさせあう新郎新婦を見ながら、心底ばかばかしくってこんなもの見せられるわたしがかわいそうとも思うし、そう思っている時の自分の顔は、この世で一番あなたたちを祝福していますという表情だったりする。目には感動の涙だって浮かべられる。

心は、どうしてこんなにばらばらなんだろう。ばらばらで、全部が全部本当であるために、引き裂かれるというよりは、元々ばらばらだったものを集めてきて、心のかたちに並べたみたいだった。ばらばらのものは、パズルのピースじゃなくて石ころで、だからいくら隙間なく並べたってぴったりとははまらないし、こつこつ音がする。だけど別に石は痛

くない。痛くもかゆくもない。

「直子ちゃんも、きっともうすぐプロポーズされちゃうよ」

圭さんがたまらなく優しい声で言う。わたしはこの声が聞きたくて、結婚の話ばかりするので、圭さんにものすごく結婚したい女だと思われている。圭さんに結婚式でどんな準備をしたか、結婚してから生活がどんなふうに変わったか尋ねると、丁寧にことばを尽くして楽しそうに話してくれるので、わたしはワインの香りを確かめながら飲むことができる。


ケーキをひとつ食べる間にワインを二杯飲んで、三杯目はデザートワインにした。豆皿に載せられたナッツを指でつまみ、それがキャラメルでコーティングされていると気づく。店内には控えめな音量でジャズが流れている。こういうお店に、望海とは絶対に来ないし、望海と行くようながやがやと喧《やかま》しい舌打ちしていたって誰も気にしないような店に、圭さんとは行かない。料理もお酒もそれぞれでおいしいし、全然違う雰囲気のどちらも、わたしは好きだ。大地とは、学生が行くような安くてうるさい居酒屋にも行くし、すこしかしこまった静かな店にも行く。そして、そのどっちにいてもわたしは大地の前にいるわたしで、そのわたしは、望海といる時のわたしとも、圭さんといる時のわたしとも違う。

圭さんが空になったワイングラスをテーブルにそっとした手つきで置いて、

「しばらくお酒は飲めないかも」

と言う。もしかしてと思って見つめると、小さく頷き、

「子ども作ろうと思って。来月から産婦人科でいろいろ相談することにしたの」

「いろいろ？」

「無痛分娩《ぶんべん》にしたいし、あとは、うーん、いろいろだね」

いろいろだね、にまとめられた、語られなかったことたちの距離にぞわりと心が波立つ。笑っている自分の顔がぼろぼろ崩れてしまいそうになる。

「お酒飲めなくても、お茶しに行ってくれる？　直子ちゃん」

圭さんがわざとらしく、恐る恐るといったふうに尋ねてくる。その様子に、わたしが圭さんを拒むことなんて絶対にありえないと確信されているんだと、打ちのめされるように知り、けれど、

「そんなの、当たり前ですよ。おいしい喫茶店探しておきますから。完全禁煙でケーキがおいしいところ」

と答えてしまう。なんならちょっと今必死で声が走っちゃいましたとでもいうように、やや舌をもつれさせもした。そういう必死さが演技なのか、演技めかした本心なのか、自分でもつかみきれない。

圭さんが「ありがとう」と言って微笑む。この人を失うのがとてもこわい。けれどきっとまた失う、と確信しているから、心がしおれていく。そろそろ行こうかと促されて、店

を出る。

　圭さんと二人で道を歩く時に歩きスマホの人が近づいて来ると、まだずいぶん離れている時からぶつからないようによけておくし、それは圭さんもそうだった。すっと体を動かしてよける。そうしている間も圭さんとの会話は途切れない。いまよけたね、なんてことも言わない。全部無意識ですよという顔。実際、圭さんは無意識なのかもしれない。歩道のブロックを足を上げてまたいだり、雨で濡れたマンホールの上を歩く時すべらないように気をつけるのと同じ、その一瞬が通り過ぎれば自分がそうしたことも覚えていないくらいのことなのかも。わたしは全部痛いほど意識している。「いまよけた」「わたしいまよけた」って、かぎかっこ付きで意識する。四十歳くらいのスーツを着た女だった。ちらりとも前を見る気がなかった。スマートフォンは横向きで動画を見ていた。その画面に注がれる目、その顔を、よけた後も何度も何度も思い出してしまう。わたしがよけたからまっすぐ歩けた人だ、と圭さんと笑顔で話をして歩きながら、十分でも三十分でも、よけた人間の顔を思い浮かべて殺したい気持ちになっている。

　観光客らしい外国人が一人、道の案内板と手元のガイドブックとを交互に見て首をかしげている。どこに行きたいですか、と英語で声をかけると、ガイドブックを指さしてここだと言う。忍者屋敷を模したレストランがあるらしかった。場所は有楽町駅のすぐそばで、すこし遠回りすればいいだけだったので、連れて行ってあげますよと伝える。圭さんに

「ちょっと遠回りになりますけど、すみません」と断って歩き出す。圭さんは目と口と頬と眉の全部を使った笑顔で「さすが直子ちゃん。こうやってぱっと動けるとこ、ほんと好き」と声を弾ませる。子どもができてしまったら、わたしと会う時間なんてなくなってしまうくせに、そんなことを言う。好きだと言うならずっといてほしいと思うし、ずっといてほしいと思っていいほどわたしはいい友だちじゃない、とも思う。

自分の未来はほとんど想像できる。この後、圭さんに子どもができて疎遠になる。出産祝いで一度は会いに行くだろうけど、きっとそれきり何年も会わなくなる。望海とばかり遊ぶようになって、わたしの善悪の基準はどんどん望海が求める値に近づいていく。ぴったり重なって調子がいい頃になって、望海の転勤が決まる。北海道とか、沖縄とか、海外とかに。それで疎遠になる。出張なんかで東京に来ることがあっても、わたしに声をかけてくれるか分からない。望海には友だちがたくさんいる。東京に住んでいる今は、何人もいるルーティンで会うリストの中にわたしがいて、何回かに一回望海に呼んでもらえるけど、年に一回しか東京に来ないとして、わたしがその一回をもらえる可能性がどのくらいあるというのか。結局、望海もいなくなるのだ。仕方がないからわたしは大地と結婚する。結婚すれば疎遠にはならない。ぶたれて赤くなっていた母の腕。あんなふうになっても、疎遠にならなかったんだから。そのうち子どもができて、保育園や小学校や習い事で一緒になった子のお母さんと友だちになる。保育園や小学校を卒業したり習い事をやめたりすると疎遠になる。中学校も高校もきっとその繰り返し。子どもの世界とは別に、今の会社の中でだって仲がいい人はできる、そして定年退職をして、同時に疎遠になる。一定期間の接近と離反、その繰り返し。

＊

「うちの生徒がひき逃げにあって」

と大地が話し始めたのは、居酒屋で晩ごはんを食べている時だった。焼き鳥と刺身と煮込みハンバーグ。食べたいものを適当に頼むせいでテーブルの上は統一性がなくて雑然としている。わたしはビールのジョッキを傾けながら、目を大きく見開いてみせ、先を促す。

「ちょうど一週間前の土曜に、自転車に乗ってて、部活に行く途中だったんだけど、車にひかれたんだよね。中年女性が運転してたらしいんだけど、警察も呼ばないでそのままいっちゃったんだって。そいつ、あ、男子なんだけど、怪我はたいしたことなくてちょっとひじを擦りむいた程度で、あとスマホが割れたとかも言ってたな。携帯はほんとは禁止なんだけど。で、その子本人ていうよりはお母さんが、警察に捜してもらうって言ってて」

「警察に被害届を出すってこと？」

おてふきで口元に残ったビールの泡を拭きながら聞く。大地は曖昧に頷いて、そういう話だけど、と続ける。

「おれたちは、つまり教員たちはってことだけど、なんとなく嫌な予感がしてて」

「どうして？」

「その子の反応が、なんか、事故のこと本当は言いたくなかったみたいに見えて。実際事故があった日も部活には来て、顧問の先生には一人で転んだって話したみたいだし。実は、通報があったんだよね。その子が友だちとネット上でやりとりしてるのを見たっていう人から。ニックネームを使ってますけど、おそらくそちらの学校のまるまるくんで間違いないですよ、って。ご丁寧に学年とクラスまで教えてくれて。おれ、ひき逃げよりそっちの方がこわかったよ。ネットリテラシー、本当に、生徒たちに伝えていかなきゃと思ったね。おれはＴｗｉｔｔｅｒやってないけど、直子はやってるんだっけ」

「うん、アカウントは持ってるよ。自分で書き込みはあんまりしないけど、ニュースとか犬とか猫の画像とか、小説とか映画の感想書いてる人のを見るのに使ってて、けっこう楽しい」

「そうそう、そうやって使うのがいいのになー」

大地は焼き鳥を串からはずさずに食べ、半分残して串ごとわたしに差し出す。

「匿名の人から電話があった後、まずは本人に話を聞いたんだけど、親に言わないでほしい、連絡しないでほしい、の一点張りで。あの年の頃に、親にいろいろ言わないでほしいっていう気持ちも分かるんだけど、まあ、そうもいかないから、その子とお母さんと三人で面談もしたけど、警察、って単語が出る度にびくびくしてる感じが……」

「面談したって、大地が面談したの？　その子、大地のクラスの子なんだ」

「あ、うん、そうそう」

　そうなんだ、と返しながら心臓がととっ、とリズムを速める。ビールジョッキに添えたままの右手に左手を伸ばして、ブラウスの袖口を引き下げる。

「スマホが割れたらしくって。それ聞いた時、もしかしてスマホいじりながら自転車乗ってて、それで車にぶつかったんじゃないかなと思ったんだよね。自分では言い出せないだろうけど。よく学校にも近所の人たちから電話があるんだよ、生徒がスマホを見ながら自転車に乗ってて危ないって」

　あれれ、ばれてるよ、ヨシオカくん。やっぱり学校の先生だな、と思って大地の顔を見る。同級生の特に男の人たちの体形が年々崩れていくのに対して、大地はむしろ社会人になってからさらに引き締まった。顔つきも体形も、全部で「先生」をしている。わたしも大学で教職課程をとっていたけど、途中で止めてしまった。模擬授業のクラスで大地と親しくなって、ああ学校の先生になる人ってこういう本物のいい人なんだ、と思って止めた。

「けど、最低だよな。中学生の子どもに怪我させといて、逃げるなんて。大人として、どうかと思う」

大地が本当に怒っている時の声で言い放つ。放たれたことばが、まっすぐにこちらへ向かってくる。わたしは皿に手を伸ばすふりをして体をそらし、それをよけ、焼き鳥のたれが指についたのを舐《な》める。

「その子ってどんな子？　事故にあっちゃった子」

わたしと同じく焼き鳥のたれが指についた大地は、それをおてふきで拭きながら、えーとね、と話し始める。不思議に思わずに教えてくれるんだな、と思う。わたしが大地の学校のことを聞くと、大地はほかのことより丁寧に話してくれる。

「真面目な子だよ。学級委員や風紀委員に選ばれてたし。今は美化委員で。成績もいいし、礼儀正しいし、もちろん年齢相応の幼さはあるけど、いい子だよ」

さっき、もしかしたらスマホをいじっていた負い目があるのかも、と話してしまったぶんをカバーするように、ほめる時の調子で「いい子だよ」とヨシオカくんのことを話す。

「でも、やっぱり、直子は優しい」

ふと、大地がそんなことを言う。どうしたの急に、と聞き返す。大地が答えるまでもなく自分で分かっているけど。

「怪我した子の話してる間中、直子、すっごい心配そうな顔してたんだもんな。ほら、ここ」大地が手を伸ばしてわたしのおでこに軽く触れる。「しわ寄っちゃってる。そんな、心配しなくても、大丈夫だよ。おれがちゃんとその子のことは見ていくから。でも、心配してくれてありがとな」

「大地が学校の先生でよかった、ほんとに」

わたしはそう言って、ようやく眉の緊張を解いてあげる。こういうの、いつか無意識にいつでも解放していられるようになるんだろうか。

来週もうちに来てくれる？　と大地が言うので、もちろん、もう一緒に住みたいくらいだけど、とすこし恥ずかしそうに見えるといいな、という調子で返す。昼ごはん適当に作っておくから、と言いながら、スーパーのレジに立つおばさんのことを頭に思い浮かべた。学校の先生たちもひき逃げってことで話してますよ。ヨシオカくんのお母さんも、捜してるみたいですよ、と頭の中で話しかけてみる。またカレーがいいな、と大地が言う。ずいぶんうれしそうに言うんだね、とこれは口に出さない。新宿で何の映画を観たの？　これも。私って女子アナ系かな？　これも。

居酒屋を出てすぐの路上にサラリーマンが五人溜まっている。わざとかと思うくらい大きな声で話していたけど、大地に気付くと体をよけて通り道を作った。大地が「どうもー」と会釈をして進む。わたしもその後ろに続く。わたしが一人でいる時には絶対に現れない道だ。大地の腕に手を伸ばしてからめる。

その夜セックスをした時に、大地が「どうしたのこれ」と心配そうな声をあげた。ヨシオカくんとぶつかった時の怪我を見ていた。一週間が経って、傷の派手さはなくなったけど、かさぶたと、傷周りの青あざは消えていなかった。

「ちょっと転んじゃった。職場で、荷物運んでる時。でももう平気」

「言えよなあ、そういうことあったんなら」

大地がわたしを包むように覆いかぶさってくる。言ってどうなるんだろう、と思ったけど、大地はどうにかするつもりなんだろう。湿布を買ってうちに持ってきてくれるとか？　わかんないけど、そういうのがぱっと頭に浮かぶ。

大地はセックスが好きだなあというセックスをする。健康的な感じがする。健康的っていうのは、それだけで何も考えなくていいことのような感じがしていい。普段の大地とセックスっていう行為はうまく結びつかない。はっはっはっ、と短い息を吐く時とか、腰を振る時斜め上を見ているところとか、あまり観察しているとしんどくなるので、思考を手放すようにしている。だけどわたしもセックスが嫌いなわけじゃない。安心する。あげられるものがあって良かったと思う。望海や圭さんにはあげられない。

腕の青く内出血している部分を避けて、だけど振りほどけないくらいの力で、大地がわたしの体を押さえている。大地はセックスをする時必ずわたしの体を押さえつける。「そうしないといけない」と思い込んでいるのかもしれない。セックスを覚えたての頃に誰かからそう教わったことを忠実に守り続けているのかもしれない。聞いたことはないけど。教えられて身に付けていくしかないから。

昔からいろいろな人に好かれた。特に親戚の大人たちや学校の先生にはうけがよかったし、男の子から異性として好かれることも度々あった。髪型や持ち物や、直接的に目や鼻や口や耳や、あるいは全てをまとめて顔や、足や手や胸や尻や、わたしに固有の何かをほめる人がいた時、わたしが「いいもの」であることが、その人にとって都合がいいし、気分も良くなるんだなと思ってしまう。わたしの髪をなでる祖母の手を思い出す。そうだ、髪をなでられることだってあった。祖父の話を聞かされるだけではなくて。けれどその手は、なでるという行為は、わたしがいい子である時にしか与えられないんじゃなかったか。

そんなことを、大地が腰を振っている間に考えている。大地がかわいそうで、大地がうらやましい。体の触れた部分が全部熱くて、触れてない部分は冷たい。

大地がシャワーを浴びている間に、ヨシオカくんが新しい書き込みをしていないか確認する。

〈みなさん、いろいろありがとうございました。この件は、以上にしたいです。〉

ヨシオカくん、きみはいい子なんだって。きみの学校の先生が、きみはいい子だって言ってたよ。

首からタオルをかけた大地が部屋に戻ってくる。

「そういえば、高校時代の友だちが結婚することになって」

「へー、おめでとう。結婚式行くの？」

「うん。おれ、友だちの結婚式ってはじめて。小学生の時に親戚のは行ったことあるけど。楽しみ」

頭をタオルで拭きながら声を弾ませる大地に、一瞬ことばにつまる。二十五歳になるまで結婚式行ったことないんだ、という驚き。それからすぐに、そうだった大地は都会の生まれなんだった、と思い出す。高校を出てすぐ結婚して二十歳前後で子どもを産み始める人が多いわたしの地元とは違って、大地の周りはみんな大学に行っていて、就職して三年目の今が、ちょうどいい時期なんだった。

「おれ純粋にお祝いだけの気持ちで行ける自信ないな。どうしても考えちゃいそう。おれたちの式の時はどうしようかなって」

無邪気な大地のことば。えー、だめだよー、お祝いはお祝いで集中しないとー。わざとらしいくらい無邪気な声で返しながら、画面を見ないで指だけでさっとスマートフォンの画面を消す。大地がわたしの隣に腰かけ、手を伸ばしてわたしを抱き寄せる。ほんといい子だなあ直子。キスをたくさんされる。

こんなに近くにいる人にさえ見破られないのだとしたら、これはもう、こちらが本当のわたしなんじゃないか。うらおもて、って言うけど、別にどっちも表だ。わたしは、やっぱりいい子なんじゃないの。

「式もだけど、やっぱり子どもかなあ楽しみなのは。当たり前だけど、おれ、子ども大好きだし」

直子は？　とは聞かれない。大地の中にあるわたしの可能性。大地は多分、わたしが子どもを嫌いだなんて可能性は考えていない。別に嫌いじゃないけど、大好きってわけでもないよ、と言う機会は永遠にこないだろう。

わたしと結婚したいなんて言う大地はばかだ、と思ってしまって、すぐにそれはおかしい、と自分でたしなめ、わたしだって望んでいたはずだ、と考え、だけど、とヨシオカくんの顔が浮かぶ。よけなかったのは、どうしてだろう。土曜日の昼間で、いい天気で、大地が帰ってくる前に昼ごはんを作ろうと、おだやかな気持ちでいて。

あんな自分は大地に絶対に見せられない。見せられないのに、これから死ぬまで一緒にいるなんて約束をするのか。おかしくなって、すこし笑う。

結婚、ということを考える時、祖母の手が頭に浮かぶ。握りこぶしをつくった祖母の手。その形にへっこむ母の腕や背中。膝でため息を受け止めるだけの父。二人が二人きりでなくなった時のバランス。大地のおかあさんに会ったことがある。明るくて優しい理想のおかあさん、っていう感じの人だった。だから「だまされないぞ」と思った。わたしはわたしで「すてきなお嬢さんね」と言われた。全部が全部何もかもそう見えるようにしたから、それは当たり前だった。まばたきのひとつすら、相手の望まぬタイミングではするまいという覚悟で会ったんだから。

「こないだお袋と電話で話した時さ、はやく直子に会いたいって言ってたよ。親父もお袋も、一回しか会ったことないのに、直子のことすげえ気に入ってる。おれのことより気にしてんじゃないかっていうくらい。まあ、直子はね、いつもよりちょっと猫かぶってたし」

大地の家族と会った日にかぶっていた猫は、着ぐるみどころじゃない。この世に存在するありとあらゆる愛らしい猫ちゃんの皮を全部はいできて継ぎ足して、それでも足りない部分はキティちゃんやおしゃれキャットマリーちゃんで補強して作った、最強猫ちゃんで、そこにはわたしの要素はひとつもなかった。ついでに言うと着ぐるみの方はいつもかぶってる。大地の前でもかぶってるし、会社でもかぶってるし、家族の前でもかぶってるし、なんなら一人の時だってかぶってる。元の顔なんて、着ぐるみの中で蒸れて擦れて潰れて変色もしちゃって、原形がない。

ひどいことをした後で、ぐるぐる考え事をする。寝る前とか、一人になった時にする。大地が隣にいると深くは考えこむことができない。それが大地と一緒にいたいと思う最大の理由なのかもしれなかった。一人で考える時には、実際にそのことをした瞬間よりもはっきりと自分がしたことが自覚される。自分がどう思ってそうしたのかが感覚的に分かる。それが必要な時と、しんどい時とがある。大地が隣にいると頭がにぶる。このままにぶって、ぶよぶよになって、考えなくなればいい。にぶさと優しさはすこしだけ似ている。ばかが卑怯になれないのと同じ感度で。

大地とくっついた体があったかい。まどろみの中で、ヨシオカくんの目を思い出す。一度しか会っていないのに、やけに鮮明に彼の顔を思い出すことができる。子どもの目でまっすぐこちらを見ていた。頭の中のヨシオカくんが口を動かして何か言っている。想像の耳を澄まして聞き取ろうとする。口の形は、あ・あ・お。それから疑問を呈すように小首をかしげ、けらけら、笑い出す。

＊

二年前、会社で窃盗事件が起こった。忘年会の幹事が集金していたお金がなくなった。忘年会当日の朝、始業後すぐに「夜までにおれにお金渡してねー」と幹事の主任が言い、みんな口々にはーいと返事をした。入社したばかりで、一番下っ端だったわたしはその場で財布を出してすぐに会費を払った。就職一年目の新人は二千円。主任は受け取ったそばから茶封筒に入れて、手元のリストにチェックを入れた。会費は若手社員が入社年数によって二千円から四千円、課長が一万円、係長が七千円、主任が五千円を出すのがルールになっている。そのお金が、封筒ごとなくなった。昼休みの間に引き出しに入れていたのがなくなってしまったということだった。

午前中に集金していた十数名ぶん、約七万円。確かにここに入れたはずだ、と幹事の主任が大声で騒ぎ、机の間に落ちていないかと全員で臨時の大掃除が始まった。わたしも大掃除に参加し、これを機に自分の机周辺を綺麗にしておこうと、除菌シートで電話を拭いたりパソコン裏の埃《ほこり》をティッシュではたいたりした。見つからないね、と白々しく言い合い、机がどんどん綺麗になっていった。主任が引き出しに封筒を入れるところは複数の人が見ていたし、昼休み、主任は外に昼ごはんを食べに出ていて不在だった。室内に残っていたのはアルバイトや派遣社員を含めて十人ほどで、みんながコンビニに行ったりトイレに行ったりと入れ替わり立ち替わりしていて、誰も主任の机に注意を払っていなかった。盗《と》るのは簡単だっただろう。

部屋を見渡す。毎日顔を突き合わせている二十名ほどがそこにいる。社員はもちろん、アルバイトだってパートタイムとはいえほとんどが長く勤めている人だった。それなりの人間関係が築かれ、匿名的なその他大勢ではなく、まるまるさん、だれそれさん、と名前が浮かび上がってくる一個人の集合体だ。そこでの盗みというのは、おそろしい感じがした。たかだか七万円。時給千円とすると七十時間。一日七時間勤務としたら十日。正社員の給与に換算するともっと短い。ボーナスまで勘案すると、五日か、六日か。大金とみるべきかどうかが問題ではなく、盗むことそれ自体を問題視するべきなのかもしれないけれど、どうしたって考えてしまう。その金額でいまここにある人間関係を全部ぶち壊してもいいと、釣り合うと、つまり割に合うと、考えたわけだ。盗んだ人は。

結局、大掃除をしても封筒は見つからなかった。警察に届けるでもなく、事件はうやむやになり、足りなくなったお金は正社員で分担して出し合った。忘年会そのものをなくしてしまえばいいのにと思ったけど、そういう案は誰の口からも出ず、わたしも負担金を出した。忘年会ではこの話がちらりほらりと出た。その場で酒を飲んでいる中の誰かが盗んだというのは間違いないように思われた。本格的な犯人捜しはしないくせに、もしかしてあの人かも、という猜疑《さいぎ》がそれぞれの胸の内にあり、少人数で集まると「もしかして」話が、ドライアイスを入れたコップからこぽこぽ煙が出てくるようにこぼれ、そしてすぐに消えた。話題の少ない職場で、ひとつの刺激、面白がる種になっていたのは、数週間ほどで、話題に新鮮味がなくなった後に残ったのは、一緒に働く人たちの中に盗みを働いた人がいる、という事実だけだった。それはつまり、この空間を、この人間関係を、ひいては自分自身を金銭と天秤《てんびん》にかけ、必要ないと判断した人がいるということだった。

その不愉快さを抱えて、今日もみんな仕事をしている。表面上はとても平穏に見える。

あれ以来、わたしは考え続けている。お金を盗んだ人が天秤にかけたもの。お金と、わたしたち。秤《はかり》にかけられる「わたしたち」は、仕事であり、関係性であり、名前のある各個人そのものだ。わたしも、秤を持っているはずだった。だいぶさびついて、ものを載せる前からすでに左右どちらかに傾いているような秤だけど。

取り出して、磨く。水に濡らした後かたくしぼった布で、根気よく磨く。磨き続けて、隙間に挟まった埃もつまようじで取り除いて、ようやく均等になった。銀色の秤、飾りのついた丸い皿。ここに、載せていく。

今週は子どもの部活の大会が近いから早く帰らなきゃ、という人の仕事を代わった。子どもの部活の大会が近いと、親も何かすることがあるんだろうか。経験がないので知らない、だから「どうして」と問うことはできない。することがあるんだろうし、それは仕事より優先されないといけないし、そのぶんをわたしが担うことは仕方ない。と、納得できなくても飲み込むしかない。手帳の余白に、

部活の大会、仕事押し付けられる、何部だか知らないけど負けますように

と書きつけ、これじゃ記録じゃなくて呪いだな、と表情を変えないままそっと笑う。

手渡されたメモを基に、共有データファイルを開く。完全に未処理で手付かずのままだった。桐谷さんが「お疲れさま」と声をかけ、わたしとの机の境界ぎりぎりに、コーヒーの入ったカップを置く。立ちのぼってくるにおい。本当はコーヒーのにおいってそんなに好きじゃないんですよ、って言ったらこの人はどんな顔をするだろうか。別に好きでも嫌いでもないものを、好きとか嫌いとか言って、その場しのぎに使っているだけなのに、いつまでもそのことを覚えていて見せつけのようにわたしの隣に置いてくる、この人は。

「こればっかりは、お互い様だね。いつか佐元さんも誰かにこうやってお願いするわけだし、今はがんばりどきだね」

わたしは反射的に「そうですよね」と返し、「ありがとうございます」と続けてお礼を言った。どっちも、何かがおかしかった。そうですよね、とは思ってないし、ありがとうございます、とも思っていないのに、するすると口からことばが出ていく。いつかわたしが子どもを産んで自分のぶんの仕事を誰かにお願いすることが、決定事項のように語られる。

桐谷さんは、こうしてあちこちでこんな馬鹿な発言をし続ければいい。わたしの中にいらいらが溜まっていけばいくほど、桐谷さんの業も深くなっていると信じて。いつかこの人の娘が分別のつく年頃になっても、同じようなことを言い続けて、最愛の娘に軽蔑されればいい。反抗期かな、思春期なんだな、さみしいけど成長がうれしくもあるよ、なんて桐谷さんは言うに違いない。わたしは、そうですねえさみしいけど、きっとあと数年したらお父さんのこと尊敬しますよ、自分が働き始めたら特に、わたしもそうでしたから、って言ってあげよう。そうかなあ、一緒にお酒なんて飲む日が来るのかなあ、と桐谷さんがにやつく顔まで想定できる。あなたの娘があなたとお酒を酌み交わすとしたらそれは、娘さんがいろいろ乗り越えてしまって、桐谷さんあなたの、不完全さを諦めた時だと思います。しょうもないおじさんだけど血がつながっている以上掃いて捨てるわけにもいかないから酒でも飲ませておきましょう。どうか、あなたの娘さんがそんな気持ちになりますように。

「じゃあ、お先に」

コーヒーを飲み終えた桐谷さんが、そう言い残して帰る。左側の席がぽかりと空いて、わたしはようやく深々と息を吸って、脳に酸素を送ることができる。

夜遅くに帰宅して、朝早くに起きる。一日が単純化されて進んでいく。早く週末にならないかな、とそればかり考えているうちに、日が進んでいく。


その日はあらかた仕事が片付いていて、営業先から直接帰りたかったのに、桐谷さんに頼まれた飲み会があるせいで、会社に戻らなきゃいけなかった。桐谷さんが接待のことを飲み会って呼ぶのが嫌だ。約束の時間まで、データ処理を進める。英会話教室へのシステム導入が正式に決定して、契約を交わした。契約書を持って四ツ谷駅近くのビルに行った時、受付の女の人が「ハロー」と言って、生徒じゃないと分かると、恥ずかしそうな顔になって「いらっしゃいませ」と言い直した。予約システムを導入したら彼女の仕事はなくなる。クビになるのかもしれなかった。

飲み会では、役職が上の人たちの隣の席に座らされた。にこにこして、相手の話に興味があるようなまばたきの仕方をするのも給料のうちだって、思うから、そうする。他に何ができるわけでもない。そうしない人がいると、「なんでにこにこしないんだろう」「なんですごいとか、わかりませんとか、言ってあげないんだろう」と思ってしまう。そんなのはおかしい、と同じくらい思うのに。おかしいけど、止められない。止めたってどうする。どこに行けるわけでもない。

にこにこしようとか、興味を持ってるふりをしようとか、そんなことばかり考えて、わたし、本当に他人に興味を持って話を聞く方法が分からない。興味を持つとか持たないとかの前に、誰の話でも丁寧に熱心に「興味を持って」聞くことが、決定されてきたから。話し相手がどう思うかを抜きにして人の話を聞く仕方が分からない。

長かった校長先生の話。体育館の冷たい床の上に座って、みんな上履きのつま先のゴムのところを爪で引っかいて時間をつぶしている。わたしは顔をあげて前を向いていた。時々頷いても見せた。クラスのみんなより首ひとつぶん高いところの空気を吸っていた。体育館の右上に掲げられていた校歌の歌詞の文字数を数えて、それを数え終わると次はそこにある文字の画数をひとつずつ数えて足し算をしていった。小学校を卒業するまでに何度も挑戦したけど、わたしが数えた総画数は一度も同じにならなくて、いつもひとつかふたつか違う数になったんだった。眠たくなると、ほっぺたの内側を嚙んで耐えた。喉の中で死んでいったわたしのあくび。あくびになるはずだったぶんの空気は細い線になって鼻から抜けて、その振動で、目に涙の膜が張った。大地は、朝礼で顔をあげて校長先生の話を聞く子どもだったかな、と考えてみる。大地のことだから、ちゃんと聞く日と、聞かない日の両方があっただろう。先生の話超つまんねーねみー、と友だちと言い合う日と、今日の話は面白かったなと誰に言うわけでもなく受け止める日と、両方があっただろう。

タクシーに乗り込む取引先の人たちを見送って、桐谷さんと二人、駅に向かう。終電には間に合いそうだった。歩きながら、もうすぐボーナスが出る日だな、と自分をなぐさめるように思いつき、実際にじゃあ仕方ないかという気持ちもすこしして、余計嫌な気持ちになる。桐谷さんが、

「いやあ、ほんと助かったよ佐元さんが来てくれて。先方もみなさん楽しそうだったし、うん、良かった良かった」

と満足気にしている。わたしも笑顔をつくって、

「いろいろお話も聞けて、勉強になりました。呼んでいただいてありがとうございました」

とすこし酔っていて無邪気に素直に言っていますよ、という感じの声で応じる。桐谷さんはますます笑顔になる。

「たからには、佐元さんみたいに育ってほしいなあ」

娘の名前を出して、そんなふうに持ち上げる。わたしは、いやいやそんな、と謙遜めいた相槌を返しながら、心臓が端から凍っていくのを感じた。桐谷さんは、もし自分の娘が

同じ会社に勤めていたとしても、わたしと同じような業務をさせたいと思う人なんだ。取引先との飲み会で、担当者の中に女性がいないから担当外の部下を連れてきて座らせる。それは、桐谷さんにとってひどいことじゃないんだ。「佐元さんにとっても絶対勉強になると思うから」って、本気でそう思ってるんだ。

ふいに、仏壇の前に座らされ、祖母から延々と死んだ祖父の昔話を聞かされていた時のことを思い出す。おばあちゃん、それで、おじいちゃんはその時どうしたの？　きらきらした声で問いかける、自分の声まで聞こえる。何度も聞かされたつまらない自慢話の先がどうなるかなんて全部覚えていたのに、毎回初めて聞かされたかのように驚いて見せた。えーっすごい！　と声をあげて。

頭からかぶっている猫のかぶりものを両手でぎゅっと摑む。わたしの今のこの顔は、会社用に特別いい子をしている顔なんだけど、桐谷さんは娘に、会社にいる時と同じくらい家でもいい子にしててほしいんだ。

桐谷さんのことは前から嫌いで、それは大地とは別の種類の率直さを持ってわたしのことを好いているからだけど、仕事に好き嫌いは関係ないからいいや、と流していた。ただ、見る目がないな、目も心も腐ってるんだな嫌いだな、と思い、そう思っていることが一ミリもばれませんように、とより強固に、より正確に、笑顔で丁寧に接してきた。

桐谷さんのことだって、初めから嫌いだったわけではない。丁寧に仕事を教えてくれたし、感情的に怒鳴るようなこともない、悪くない上司だったと思う。お嬢さん、と呼ばれて不必要な気を遣われたり遣わせられたりするのにだって、甘んじていたところがあった。軽んじられることと軽減されることが同時に起こる場面や、ある面を評価されることと消費されることが、同じベクトルで発生することがあった。社会人になるってこういうことなのかもしれない、と入社したばかりの頃は思っていた。三年目になって仕事を覚えて、仕事ができている実感を持ってくると、仕事をしてるのに愛想まで求められるのは割に合わないと、思い始めた。後から付いてきた感情だった。最初から変わらない桐谷さんを後から嫌いになった。

駅のホームで笑顔で頭を下げて別れ、桐谷さんが離れていってからもしばらくその笑顔のままでいる。表情をぱっと取り下げるところを、誰かが監視してるんじゃないかってそんなことを思ってしまう。

小学生の頃、クラスメートのいとこが事故で死んだ。クラスメートが泣いて、同い年で仲良しだったのだと話を聞いた周りの子たちも泣いて、そのうちクラス全体みんながしくしくと泣いた。わたしは担任の先生の顔を見た。わたしたちがその時間にすべきこと——掃除とか片付けとか整列とか——をしていないと一秒の隙も許さずコラッと声をあげる先生だった。休み時間は終わりですよ、と言ってほしかった。けれど先生も悲しい顔をして、黙ってみんなを見ていた。裏切られたような気持ちになった。みんなを見渡す先生の目は優しいけれど、わたしみたいに涙が出ていない子をチェックして後で名簿に書き入れていくんじゃないだろうか。そしてその名簿はわたしの行く先行く先へ一生申し送られていくのだ。そこまで考えて、ようやく、こわくなってわたしも泣いた。泣きながら、おばあちゃんの血が、と思った。入っているから、わたしにも。いい子の反対は悪い子じゃない。やな子だ。やな子じゃねえ、と言う祖母の声が聞こえる。わたしはいい子にしてきたから、実際には一度も言われたことがないのに、鮮明な声で聞こえる。やな子じゃねえ、ほんまに、やな子。

電車が走り込んできた風で髪が顔にかかったのを指で払い、もう絶対に桐谷さんがわたしを見ることはないと確信した距離まで離れて、ようやく表情を落とす。

土曜の午前中、スーパーのレジにはあのおばさんがいる。おばさんは、顔色ひとつ変えず「いらっしゃいませ」と言う。それは明るさと優しさを滲ませた声で、こんなふうに人を安心させる声を使う人と、あの事故の日、中学生に「傷ついちゃってるわ」と言い放った人とは、やっぱり別人のように思えた。

「千五百三十五円になります。二千円、お預かりいたします。四百六十五円のお返しと、レシートです。ありがとうございました」

おばさんの指先から百円硬貨が離れる時にはもう、おばさんの視線は次に並んでいる人に向けられている。土曜日の昼ごはんを大地の部屋で食べる習慣か、おばさんのパート勤務時間の、どちらかが変わらない限り今後も毎週顔を合わせることになる。その度にわたしは、「そうだ、事故があったんだ」と忘れているわけでもないのに、いちいち思い出したことにするんだろう。

大地が帰ってくるのを待ちながら昼ごはんを作る。鮭の包み焼。アルミホイルで鮭とたまねぎとバターを包む。後は焼くだけ。炊飯器にお米をセットしてソファに座る。すぐにスマートフォンに手を伸ばす。

ヨシオカくんのつぶやきに大地が登場するようになった。〈まじうぜえ〉らしい。ヨシオカの体重さんのアカウントは、鍵が外されたりまた付けられたりを繰り返していた。アカウントに鍵がかかると、フォロワー以外の人にはヨシオカくんの書き込みが見られなくなる。とはいえわたしを含めて三百人近く、どこの誰だか分からない人たちが、ヨシオカの体重さんをフォローしているので、その鍵の開け閉めにどこまで意味があるんだろう。囚われている感じ。鍵をかけるならずっとかけていればいいのに。それに、アカウントを削除すれば、ヨシオカくんの書いたことばは全部消えて、なかったことになるのに、そうはしない。友だちづきあいというやつ。自分も中学生だったらそうしただろうなと思い、だから初めからＴｗｉｔｔｅｒには手を出さなかったかもしれないと考え、けれどそう考えられるのはわたしが大人だからで、中学生の時だったらきっと使ってしまっていただろうと思った。

〈結局大地も先生なんだったわ〉

なにがどう、と詳しく説明はされていなかったけど、ヨシオカくんと友だちのやりとり、それから大地から聞いた話から推察すると、あの事故のことを黙っていてほしいと頼んだのに母親に連絡された、それが許せない、ということらしかった。「結局」ということばに、大地だけは違うと信じていたのに裏切られた、という怒りを感じる。先生以外の何者だと思っていたんだろう。と、わたしは大人だから、思ってしまう。

〈ていうかひき逃げとかじゃないし。正直〉

それは突然書き込まれていた。人とのやりとりが途切れ、にぎわいが去っていたタイミングでぽんっ、とむき身で投げだしたようなつぶやきだった。

〈は？どゆこと〉

〈車とぶつかって、警察に言わなかったのは本当だけど〉

〈ひき逃げじゃん、じゃあ〉

〈警察呼ぶか聞かれて俺が別にいいって言った〉

〈車のおばちゃんに？話してるやん〉

〈そもそもおばちゃんがぶつかってきたってゆーより、俺がその前にこけて飛び出してちょっと当たっただけっていう〉

〈やば。話全然ちゃうくね〉

〈警察呼ばれても困りますっていうな〉

〈それ〉

ヨシオカくんが友だちらしい人とそんなやりとりをし、鈴木@丸中バレー部さんが〈【速報】ヨシオカのひき逃げ、自作自演でしたー〉という書き込みをした。〈単にヨシオカがスマホ見ててチャリでこけたって話〉と続き、それまで「ヨシオカの体重」の書き込みに反応していた複数の人たちが、今度は「鈴木@丸中バレー部」の書き込みに返信を付けていく。〈まじか、うける〉〈だせえ！〉〈ながら運転しないでくださーい！〉

それらに対して、ヨシオカくんも反応を返している。

〈いや、ひき逃げもまじだから。ちょんってひかれたわ。笑い〉

最後の「笑い」は「笑」と書こうとして「い」を消し忘れたんだろうか。でもそれなら一度削除して「い」を消したものを書き込みしなおせばいいのに、ヨシオカくんがそうすることはなかった。〈笑い〉のまま残り続けている。

大地から〈今から帰ります〉とＬＩＮＥがきたので、火をつけてフライパンをコンロに載せる。十五分ほどで帰ってくるはずだった。鮭を包んだアルミホイルをフライパンに載せてふたをする。

Ｔｗｉｔｔｅｒには大地だけじゃなく、わたしも登場する。

〈てゆーか大地、結婚するらしい〉〈女子が言ってたわ、なんか〉〈大地、美人好きそー〉〈とかいってブス選んでたらまた人気でそー〉〈そこまで考えて結婚してたらこわくね〉〈まあ普通に美人だろどうせ〉

どんな仕事をしていて、どんな性格の人なのか、年齢は近いか離れているのか、そんなことはひとつも問われずただ美人かブスかという話だけに終始している。都会でもこんなふうなんだな、田舎だけかと思っていた。祖母の顔を思い浮かべる。年々、顔を忘れていく。仏壇の前で何時間も、何時間も見続けていた顔なのに、記憶の中でまず色が失われていく。髪は灰色か、白髪染めをした黒か、どっちだっただろう。頭の中で両方当てはめてみる。どちらも違う気がする。

愛嬌が大事と言われて育ち、それでうまくいったから、自分でもそのとおりだと思っていた。いつもにこにこと、時々分かっていても「分かりません」と言い、教えてもらったら「ありがとうございます」とお礼を言うこと。人が人を好きになったり嫌いになったりするのは、こんなことで造られている。それなら、好かれるんだから、好かれていればいい、と自覚していった。みんなはこんなふうに、自分のことを考えないんだろうか。時々不思議で仕方ない。自分で自分のことを、どう思っているんだろうか。人に好かれたら、どうして好かれたのかって考えないんだろうか。何のために好かれたのか分からなくても、不安じゃないんだろうか。

結婚するんだな、と思う。大地が職場でそう言ったということは、わたしと大地は結婚するってことだ。きっとこれから、いつ婚姻届を出すとか、両家の顔合わせをどうするとか、指輪とか新婚旅行とか、一緒に住む家をどうするとかを、決めていくんだろう。大地と一緒に暮らす日々は簡単に想像ができる。満たされて、安心で、真っ当で、だからずっと欲しかった。一方で、やっぱり手に入ったな、という気もする。だってわたし、愛想がいいし、みんなにいい子だって思われてるから。その「みんな」に大地も完全に取り込まれてしまった。悲しがるのは違うな、と思う。このしんどい気持ち。

大地が帰ってきて、二人で鮭の包み焼を食べる。焼いただけなのに大地は「手の込んだ料理っぽい」と言って喜ぶ。夕方までだらだらと過ごし、二十時頃になって「そろそろ帰るね」と言って立ち上がった。明日は、朝早くから職場の人たちが出場するマラソン大会の応援に行く予定があるので、今日は自分の家に帰って寝る、と話してあった。駅まで送るよ、と言う大地と一緒にマンションを出る。駅に向かって歩きながら、せっかくの休日なのにな、と漏らすと、みんなでマラソン大会の応援をするなんていい職場じゃない、あったかくて、と大地が笑った。あったかくて、ということばに、そういうんじゃないよ、と思うけど言わないで、なんで言わないのかな、と考える。ことばを尽くして語り合うことが、もっとたくさんある気がするのに、ことばがことばになる前に、全然違う話を無理やり続けて途切れさせないようにしてしまう。

「あ、酒飲みたいな」

大地が急にそんなことを言って、コンビニで缶チューハイを買った。わたしにも一本手渡してきたので、開けてしまう。もうすぐ駅なのに飲みきれないよ、と言うと、大地は児童公園を指さした。

ブランコに座り、チューハイを飲む。公園の中にはブランコのほかにすべり台と砂場と動物の形をしたぶんぶん揺れる遊具があって、砂場は囲いに鍵がついて入れないようになっていた。夜の間はそうしているらしい。朝になって誰が鍵を開けるのだろう。ブランコから一番離れた場所にあるベンチには男が寝ていた。段ボールを腹に載せている。

公園の真ん中には大きなクスノキがあって、道路沿いには公園を囲うように背の低い葉の密集した木も植えてある。東京の中でも緑はよく目にする。今はあじさいをよく見かけるし、春には桜、秋にはイチョウが、分かりやすく季節を伝えてくる。案外に鳥や虫もいる。わたしはそれらを見るのが嫌だ。たまらなく、嫌な気持ちになる。自然まで手に入れようとしている東京。申し訳ない、ということばが浮かぶ。だから、砂場の鍵付きの囲いやホームレスの眠るベンチを見ると、ほっとする。都会は都会の枷《かせ》を付けてなきゃいけない。ざまあみろという気持ちがして、そんな気持ちになる自分はどこに立っているんだか分からない。そのうち、田舎よりも東京で暮らした時間の方が長くなる時が来るのに、いつまでも東京はどこか仮の場所のような気がしたし、田舎に帰省したらしたで、ここは違う、という違和感があった。

大地はさっさと飲み終えてしまったチューハイの缶を足元に置いて、両手で摑んだブランコを勢いよくこぎ、

「楽しいなあブランコ」

などと言ってはしゃいでいる。わたしはつま先を地面につけたまま揺れ、その程度の揺れでも腹の中でチューハイがたぷんと揺れるのを感じ、ブランコではしゃがなくなったのが何歳の時だったか思い出そうとした。そんなに昔の話じゃない。大学生の時、今と同じように夜中に酒を飲みながら公園でブランコに乗ったことがある。望海と一緒だった。その時はそう、確か楽しかった。ブランコをこぐのが。そうだ望海とだって、酒を飲みながら悪口を言ってばか笑いするだけじゃなかった。公園でブランコに乗るような日だってあった。大学生だったのはたった三年前なのに、その三年の間のいつから、わたしはブランコではしゃがなくなったんだろう。

えいっ、と声をあげて大きく振れたブランコから大地が飛び降り、遠くに着地したのを機に、わたしも立ち上がる。大地の乗っていたブランコの足元のチューハイの缶を回収し、自分のと合わせてゴミ箱に捨てる。ゴミ箱が立てた音に、そばのベンチで寝ている男が目を閉じたまま身をよじる。ああこのへんだわ、と大地が言う。

「なにが？」

「魚のお墓」

大地が指さしているのは、燃えるゴミと缶・ビンや燃えないゴミを分けて捨てられる大きなゴミ箱が並ぶ後ろの、腰くらいの高さの木が密集して植えられているところだった。

「ああ、マンションの前に捨てられてた魚の？」

大地は頷き、さっと手を合わせて目をつむる。その仕草には、ちっともふざけた様子がない。公園を出てすこし歩くと、すぐに駅が見えてくる。何か話したいことがあったんじゃないのかな。わざわざ公園に寄った時にそんな感じがしたけど、大地はブランコに乗って魚の墓参りをしただけだった。駅に着く。大地に手を振って、一人で改札をくぐる。


改札から出た時、後ろからサラリーマンにぶつかられた。がつん、とした衝撃。思わず舌打ちがこぼれ、前歯の裏側を鋭く滑った舌の感触に自分で驚く。サラリーマンが振り返り、わたしの顔を見てくる。

「いまあなたがわざとわたしにぶつかってきたので、右肩がとても痛いし、あなたはわたしが女でしかも大人しそうな顔をしているから選んでぶつかってきたんだなあと思っていらついたので舌打ちをしました」

と言いたいのに声が出てこない。喉どころか鎖骨のあたりでつっかえている。

せめて目はそらさないと決めて顔をあげていると、サラリーマンがちいっとわたしがしたのより大きな舌打ちを残して去っていく。むかつく殺したい死ね、と頭の中で唱えながら、でもマンションへ入る前に振り返ってさっきの男がこちらを見ていないか確認してしまう。男の姿はとっくにない。家がばれるのは嫌だからそうするべきなんだけど、そうしないといけない自分のことを考えるとやっぱりいらいらする。わたしが男だったら。体が大きくて顔もこわい造りの男だったら、こんなふうに背後を気にしながら自分の部屋に帰るなんて経験一生することないんだろう。

大地と二人で街を歩く時は、こういうことはない。ぶつかられない。自分が人にぶつかりそうになることもない。バリアーがはられている。体の大きな男の人だけに生まれつき付いているバリアー。彼らは、人が人とぶつかったら痛いんだってことを知っているんだろうか。

部屋のあかりを点《つ》ける前に、窓のカーテンを閉める。部屋がまっくらになる。息を吐いて入口に戻り、電気を点ける。手を洗ってうがいをして、ソファに座ってＴｗｉｔｔｅｒを開いた。さっき見ていた、大地とわたしの結婚についてのやりとりが表示される。

〈俺昨日見たよ!　大地先生と彼女。手えつないでたわ〉

画面に触れないでそれを見つめる。一定時間が経って、画面の光がふっと消えた。昨日は仕事が終わらなくて、結局日付が変わる頃まで職場に残っていた。前に見た〈けっこう美人だった。髪長くて、女子アナ系〉という書き込みを思い出し、肩の上で切り揃《そろ》えた自分の髪先に触れる。結局、大地もこっち側なんか。じゃあもうどうしたらええんか分からん。子どもの頃に使っていたことばで悪態をついて、途方に暮れる。

＊

通勤電車は相変わらずぎゅうぎゅうに人間が詰め込まれている。ねえ大地、わたしが電車に乗る時にマスクをするのは、感染症予防のためじゃなくって、人間を汚く感じて、その人たちの口や鼻から出たり入ったりした空気に、直接触れたくないからなんだよ。マスクも着けずにあんなぎゅうぎゅうの電車に乗っている人たちのこと、頭がおかしいなって思ってるの。前を見ないで道を歩く人のことも、怪我をして痛い思いをしたうえで死ねばいいと思ってる。そんなこと思ってる人間と結婚を考えるなんておかしいと思ってたけど、本気で考えているわけじゃなかったんなら、おかしくなかったね。やっぱり大地は本物だ。まともで、正しい。

電車の中で息を潜めている時、頭の中は攻撃的なことばでいっぱいになる。自分の口から歯磨き粉のにおいがする。ヨシオカくんのことを思い浮かべる。大丈夫、わたしはぶつかることだってできる、と思う。思ってから、それは違うでしょ、と思う。違うけど、違わない。

六月にしては寒い日で、薄着で出てきたのを後悔していた。駅に着く直前でマスクを忘れたことに気付き、ため息がもれた。その息を鼻先であたたかく感じるほど、空気が冷たかった。薄手のカーディガンが風を通して腕がしゅんと冷えた。その腕にもうヨシオカくんとぶつかった時の傷はない。赤い線のような痕が残っているだけ。

電車の中は寒くなくて、暑いというのとも違う。体感としては「あったかい」なんだけど、そうは思いたくなかった。ぎゅうぎゅうの車内で、人間が押し込められてくっつけられていた。隣の人も薄着で、骨の上の肉の感触がありありと伝わり合う。これをあったかい、と感情の入ったことばで呼ぶのは気持ち悪い。

これなんかまずいな、と思ったのは電車に乗って五分くらいした頃。ぬくもった空気が、鼻から次々に入って頭の中にもわもわと雲を浮かべ始めた。マスクがほしかった。

貧血になったこともないんだろうな。大地の大きくてがっしりした体を思い浮かべる。頭や手や足、心臓から遠いところから順番にぎゅーっと冷えていくんだよ。冷えてくとどうなるかって言うと重くて暗くてしんどいんだよ。体が、動かなくなって、でも思考だけはぎりぎり生きててそれがつらい。あ、やばい、まずいまずいまずい、どうしよう、立ってられない、動けない、みんな見てる恥ずかしい、待ってこんなしんどいのに今も恥ずかしいとか思わなきゃいけないの、つらい、無理、無理。って、そんなふうに頭の中でぐるぐる、自分の声じゃないみたいな声がして。

がたん、と電車が揺れて止まり、人が塊になって降りた。その波に揺られてバランスを崩し、そのまま座り込んでしまった。乗り込んでくる塊が迷惑そうに避け、四方八方を足に囲まれる。それから声が降ってくる。

「誰か倒れてる」

「まじ」

「おんな」

「やばくね」

大丈夫です、と声に出したつもりが「だいじょ……です」とかすれていて、説得力がない。

「駅員さん呼んで」

「ホームに出した方がよくない」

「あ、じゃあおれが運びます」

知らない人間の腕に持ち上げられる感触、Ａｍａｚｏｎから届いた大きめの段ボール箱を運ぶみたいにして両手で抱えられて、ホームに運ばれる。なされるがまま。ほっといて、と言いたかった。しんどいんだからほうっておいて。

ホームに降ろされる。ほっとした電車はわたしと運んでくれた男の人を残して走り去っていく。わたしは前かがみに座り込んで、両ひじを床についた中途半端な土下座のような体勢で止まった。それが一番楽だった。すねに地面の感触が冷たいけど、足を持ち上げる力はなくて、そのままにしていた。

「大丈夫ですか」

段ボール箱の持ち方で運んでくれた男の人が隣にしゃがみこんで言う。わたしはなんとかして喉を震わせて「はい」と答える。頷く力はなかった。何が「はい」なのか分からない。誰かが呼んでくれて、駅員がすぐに来た。その後で担架を持ってきて、医務室に連れて行ってくれた。運んでくれた男の人はいつの間にかいなくなっていて、後になってちゃんとお礼も言えなかった、と恥ずかしく思った。医務室でベッドを借りて一時間ほど横になっていたら楽になった。

貧血のようですが念のため医療機関の受診をおすすめしますよ、と心配する駅員にお礼を言って、会社に今日は帰って休みますと連絡した。電話に出た桐谷さんに、仕事のことは気にせずゆっくり休んで、と優しい口調で労られ、わたしはどうしてこの人が嫌いなんだろう、でも嫌いなんだ、とうまく回らない頭で繰り返し思った。

通勤ラッシュを過ぎた、午前の終わり頃の電車は空いていた。電車で座るのなんていつ以来だろう。おしりの下のやわらかい感触。倒れたのが電車で、駅でよかった。朝でよかった。人がたくさんいる時でよかった。路上で、夜で、一人だったら、危なかったかもしれない。さっき、電車からホームへわたしを運んでくれた男の人の腕の感触。三十代後半くらいだろうか、百パーセントの親切でそうしてくれたのは分かっている。それでも、ふとももに触れられた手が不快だった。というのは、思ってはいけない気がする。思ってはいけないなら、この思ってしまった気持ちは、どこに置いていけばいいのか。夜で一人だったら危なかったかも、なんて本当は考えたくない。

ふいに浮かんだのは、夜、路上に座り込んでいたおじいさんのことだった。あの人は、わたしが声をかけるまで、他の誰にも助けてもらえていなかった。何人もがただ通り過ぎて行くだけだった。もしもわたしが、あの同じ場所に、同じようにしんどそうに座り込んでいたら、助けられるか、襲われるか、するだろう。どっちでもないことはない。

それって。がたん、と電車が揺れる。座っている時の方が揺れが大きく感じる。

毎日電車でみんながみんな嫌な人間に思えて、たった今ここにいる人たちが死んだって全然かなしくないならうれしいだろうな、なんて考えながら電車に揺られていたけど、わたしが倒れたら助けてくれる人たちがいた。運んでくれた男の人、男性か女性かも分からないけど、駅員を呼びに改札まで戻ってくれた人、道を開けてくれた人たちも含めて、みんな匿名の人じゃなくなっていった。最寄り駅に着いて、もう着いたのかとすこし驚く。満員じゃない電車に座っていると、いつもの半分くらいの時間で到着したみたいに感じる。

なんとなく思いついて、望海に〈貧血になって電車で倒れたら、イケメンにお姫様抱っこされて運ばれた〉とＬＩＮＥを送ると、すぐに既読になった。けれど、反応は何も返ってこない。体調不良って笑えないもんな。望海とのトーク画面を閉じて、圭さんにもLINEを送る。〈貧血になって電車で倒れちゃいました。周りの人たちに助けてもらって、東京の人が冷たいなんて嘘だなあと、人の優しさをかみしめています（笑）〉ちょうど昼休みでスマートフォンを開いていたのか、すぐに返信がきた。〈えっ大丈夫？心配です。今日はお休みできそうなの？帰って寝た方がいいよ！〉返信する。〈休みもらえたので帰って寝ます！ご心配おかけしました〉送りながら、もう後悔している。なんで圭さんにまでこんな連絡しちゃったんだろう。心配してもらいたくて、実際に心配しているというメッセージがきたのに、どうせ全然心配なんかしてなくて、なにこの連絡、心配してるって言うしかないじゃん、ってそう思われてるに違いないと落ち込んでしまうのに。送ったLINEにすぐ既読が付く。返信がこないのがこわくて、うさぎがおやすみと言って寝ているスタンプを送る。圭さんから、泣いているうさぎのスタンプが届く。それでおしまい。

駅前のコンビニで昼食用におにぎりを買う。マンションに着き、エレベーターで五階に上がる。部屋に入ってドアを閉める。電気のスイッチに手を伸ばして、点けて、すぐに消す。電気を点けなくても部屋は明るかった。窓から日の光が差していた。

平日の昼間に部屋にいるなんて変な感じがする。ここのところ休日は大地の部屋で過ごしていたから、明るい時間帯に一人で部屋にいること自体が、変だった。体が、感覚が、ちゃくちゃくちゃくと結婚の準備を進めている。ベッドに寝転がって、スマートフォンに手を伸ばす。

ヨシオカくんが、ネットニュースの記事を引用していた。

〈6月27日午前8時20分頃、JR西日暮里《にしにっぽり》駅のホームで、男が女性にわざとぶつかって怪我をさせ、現行犯逮捕された。女性はホームから転落し指の骨を折るなど全治四週間の怪我。男は「歩きスマホにむかついてぶつかってやろうと思った」などと供述している。〉

ヨシオカくんのコメント。〈これでなんで男が逮捕されるか分からん。〉

わたしはいいねボタンを押す。いいね1件。ヨシオカくんの友だちは静か。全然、いいねって言わない。いいのに。すごくいいのに。中学生ってもっと世界のなにもかもに対して気軽に「死ね」って言ってるような気がしたけど、これは触るとまずいかなってものには触れないんだったっけ。自分が中学生の時はそうだったな。それで、大人たちが「何も考えずに死ねよとか言ってるガキ」だって思ってこっちを見てるのにも気づいていて、むかついてたんだった。

友だちの誰も何も言わないのに、ヨシオカくんは一人でつぶやき続けている。

〈女が歩きスマホしてたんなら、ぶつかられたのは男の方で、怪我したのも男の方だったかもしれないのに。たまたま女の方がホーム下に落ちたってだけ〉〈だいたい朝の駅のあんな人混みで前見ずに歩く方がおかしい。今回自分が怪我したってだけで、これまでは怪我させてきてたんじゃねえの〉それから、〈これで逮捕されるんなら、俺も逮捕すればい

い〉

そのつぶやきすべてにいいねを押していきながら、誰にも回収されることのないヨシオカくんの書き込みを、指差し確認をするみたいに取りこぼさないでたどっていく。これこそつぶやきだった。同級生と会話をしていくツールじゃなくて、ぽつんぽつんとことばを置いていく行為。

〈わたしもそう思います。〉

ととと、と指をすべらせてことばを打ち、ヨシオカくんに宛てて送る。ヨシオカくんに向けてのことばなのに、Ｔｗｉｔｔｅｒで全世界に公開されている。なにを「そう」思っているかは書いていないのに、ヨシオカくんからすぐに〈ですよねー〉と返信が届く。心臓が速いリズムを維持する。主語が不在のまま分かり合う会話。一度画面を消して、何と返信しようかと考える。何も返信せずいいねボタンだけ押そうと決めて、次にＴｗｉｔｔｅｒを開くと、〈ヨシオカの体重さんはあなたをブロックしました　ツイートを表示できません〉という画面が出てきた。大きく息を吸って、音を立てるくらい強く鼻から息を吐き出す。やな子。

布団の中に指先まで全部入れて、まっすぐになり、目をとじる。やっぱり一過性の貧血だったらしい。もうしんどくはなかった。大地の部屋に行こうかな、と考えてというよりは習慣のように思いつく。女子アナ、という単語が頭に浮かび、浮かんだままぼやぼやとふやける。枕元に置いてあるスマートフォンに手を伸ばす。望海から返信はきていない。吐きそう、と吐きけもしないのに思う。〈貧血で早退して、でももう治ったから、今日ごはん作りに行っていい？〉大地にＬＩＮＥを送って、また目をつむる。もうすこし休んでから行こう。電車が混む帰宅時間より前に行って、スーパーで食材を買って、何か作ろう。何にしようかな。レジに、あのおばさんはいるかな。考えているうちに眠ってしまう。

平日だというのに大地がうちまで様子を見に来た。寝ている間に夜になっていて、〈これから行くから！〉という大地からのメッセージが届いた音で目が覚めた。化粧を落とさないままで寝ていた顔は脂が浮いてべたついていた。顔を洗って歯も磨いて、もう一度布団に入った頃に、ポカリスエットと冷えピタを持って大地が到着した。時計を見るとまだ十九時だった。二十三時や日付が変わった頃に〈いま帰った〉と連絡が来る日の方が多かったのに、帰ろうと思えば帰れるんだな。冷めた気持ちとうれしい気持ちが同時に湧き、どちらの気持ちも今はしんどく、両方ともをふるい落とす勢いで笑顔を作ってみせる。

持ってきてくれたポカリスエットをコップに注ぎながら、

「風邪じゃないのに、ポカリスエット？」

と笑っていたら、熱もないけど冷えピタをおでこにはられた。もう治ったから大丈夫だよ、と言って台所に立ち、大地に親子丼を作った。

「様子みたらすぐ帰るつもりだったんだけどなあ」

親子丼をあっという間に食べ終えた大地は、テレビを見ながらうとうとし始めた。

「やっぱり泊まってってっていい？　朝帰って、それから仕事行く」

朝七時半には学校にいないといけないと言うので、二人で五時半に起きることにした。二十二時にもならないうちに部屋のあかりを消す。

「直子は朝、いつもどおりの時間でいいよ。おれ、そっと帰るから」

「ううん、わたしも今日休んじゃったぶん、明日は早めに出勤して片付けなきゃいけない仕事があるから」

目を閉じて体を寄せ合うと、大地の呼吸がすぐに眠りのリズムに変わる。息を吐いて吸う音。そのリズムに合わせて体をすべらせ、起こしてしまわないように大地から体を離した。枕元に置いてある、大地のスマートフォンに手を伸ばす。布団の中で大地の手を探り出し、指紋認証でロックを解除した。

驚くもんなんだな、と自分の反応に冷める。喉がぎゅっとしまって声が出なくなるほど、びっくりしていて、心の表面をざっと手で触ると、ところどころにひっかかりがあるようだった。傷が付いてるんだ、とこれにも驚く。ずいぶんやわな出来の心だ。傷ついたところに爪をたてて、さかむけを剝くみたいにして引っ張る。中身が見える。ほら、心の中ではわたしなんかのことを好きでいる大地をばかだなと思っていたくせに。ようやくばかじゃないことが判明した大地に、びっくりして傷つくなんて。ださい。しんどい。うざい。

〈彼女さんとは別れなくていいから。私は大丈夫。〉

二か月ほど前に、ＬＩＮＥでそんなメッセージを受け、直後に大地から電話をかけた記録があった。その次の日には相手から〈こないだ言ってた海外ドラマ、すごく良かったー〉と全く別のメッセージが届いている。その海外ドラマは、わたしも大地に薦められた。全部見た。

左手を首に沿わせて喉を覆った。喉の硬い骨のでっぱった部分が、手のひらの中で熱く緊張していた。

くさったまんこの歩いているやつめ。

とっさに頭の中に浮かんだことばだった。待って、違うよ。これはわたしのことばじゃない。わたしが考えたことじゃない。インターネットのどこかで拾ってきた、どこかで見たことがあるだけのことばだ。それをなんとなく思い出しただけで、わたしの内から出てきたことばではない。そう、自分に説明してみたけれど、ぽんっと飛び出してきたそれは、あまりにしっくりとなじむ。

大地のスマートフォンの写真フォルダを開く。食べ物や学校の写真を素通りしてどんどん遡っていく。ゴールデンウィークに行った牧場でソフトクリームを食べるわたしの写真より前に、その女の人の写真があった。レストランで、まだテーブルの上には何も載っていない。ただ女の人が笑顔でこちらを向いて座っているだけの写真。しばらく見つめる。女子アナ系。確かに。顔を覚えて、ＬＩＮＥの画面に戻す。

〈うちの学校、参観日が日曜なんだよね〉というやりとりを見て、どうやら相手の女も教員をしているらしいと察する。同じ学校ではないんだろう。女の名前を手帳にメモする。検索すれば、学校はすぐ分かるだろう。でも、今はしたくない。ただ、これから先も学校名を突き止めたりしないなんて確信はなくて、メモだけ残す。

二人のやりとりは、朝早い時間も、夜遅い時間にも交わされていて、どうでもいいくだけた話から、教員同士の真剣なやりとりまでいろいろだった。毎日遅くまで働いている大地。朝は七時半には出勤している大地。土曜日も学校に行く大地。それを待っていた自分がみじめに思えて、どこかで聞いたような話の渦中にいることもみじめで、どこかで聞いたことのある話ということは、よくある話なのかもしれず、だとしたらよく、頻繁に、こんな思いを抱える人が発生しているということなのかと、理不尽に思う。

割に合わないのだ、やっぱり。割に合わせたい。ちょうどよくしたい。わたしはまた抜かされた、と唐突に思う。電車のホームで、順番に並んでいるのに当たり前のように抜かされる。大勢並んでいる時は抜かされない。たいていがわたし一人で並んでいる時に抜かしていく、おじさん。若い女なんか並んでないのと一緒だというふうに。もしくは、なにがなんでも自分が先に入らないのはおかしい、女の後に入るなんて損だ、とでもいうように。

頭が重たい感じがしたのでひたいに手をあてる。ぬるく柔らかい感触に、そうだ冷えピタをはっていたんだったと思い出す。大地が買ってきてはってくれたんだった。優しさ。これは優しさだ。ひどいことをしていたって、同時に優しくすることだってできる。わたしだっていつもそうだ。人を嫌いながら、その人に優しくすることは自然にできる。何度だって頭に浮かんでくる、母の赤くなった腕が。結婚してしまえば、こんなのは些細《ささい》なことで、人間と人間とは簡単に離れられない。

大地がいびきをかいている。大学生の時はかいてなかった。歳《とし》を取った。まだわたしたちは若いけど、確かに歳を取った。わたしは、時々とてもさみしい。大地が隣にいようといまいと、さみしさは変わらない。だけど、今わたしがさみしいのはおかしい。自分が窮地に立った時だけ感傷的になるというのはずるい。

大地のスマートフォンを充電器から抜いて、リビングのテーブルの上に置いた。ふと思いついて、わたしのスマホも隣に並べて置いた。テーブルの上で二つ並んだスマートフォン。

朝がくるまで、うとうとと眠ったり起きたりを繰り返した。五時三十分、遮光カーテンで暗い部屋に大地の設定していたスマホのアラームが響き渡って、大地が目を閉じたままいつもスマホを置いてある枕元をがさがさと探り、いつまでも見つからないので起き上がって、テーブルの上で鳴っているスマホを発見した。あれ、とつぶやき気だるそうにベッドから出て、立ち上がる。こんなとこに置いたんだっけ、と首を傾げながらアラームを解除し、隣に並べて置いてあるわたしのスマホを見る。それで、こんなところに並べて置いたのはわたしだって分かる。なんでわざわざそうしたんだろうと考え、察しているはずなのにぐずぐずと、別の可能性を挙げ始める頭と、それとは別におしっこがしたくなってトイレに向かう体。トイレの水を流す音。リビングに戻って、水道の水をコップで飲む音。

わたしはベッドの中で目を閉じたまま、それらの気配を追っていた。この後、大地はため息をつくだろう。自分のスマホを開いて、その中の写真やメールを見返し、それらを見た時のわたしの気持ちを想像するだろう。そしてまたため息。大地の息でリビングが満たされる頃、わたしは起き上がる。

「おはよう」

大地がわたしの顔を見た。ああ、初めてなんだ。大地の怯《おび》えた目を見て思う。この人、人を傷つけるの初めてなんだ。

思った瞬間涙が溢れてきたので、慌てて大地の方に顔を向ける。この涙はあなたが人を傷つけた証明だ。すぐ止まりそうな気配。必死にひねり出す。ほらみて、泣いてるよ傷ついてるよ。見せつける。大地がこれから何度も何度も痛みを持って思い出すように、深く切りつけて、何年経ってもひくひくひく疼く傷痕になるために。

止まるな、と命じられた涙は、結局すぐに止まってしまった。ティッシュで顔を拭く。一枚だけで事足りた。洗面台に行って鏡で顔を見る。目が赤くなっている。顔を洗う。これは泣いたからではなく、ただ毎朝顔を洗うから洗う。洗ってもう一度鏡を見ると、目の赤みが落ち着いてきている。こんなものかと思う。歯を磨いて洗面台を大地に明け渡す。着替えをして化粧をして、もう一度洗面台に戻ってアイロンとドライヤーで髪を整える。

大地と二人で家を出る。まだ六時だった。もう六月も末だというのに肌寒い。雨が降っていなくてよかった。歩いている人たちに見覚えがなくて、東京というところは、生活する時間がすこし変わるだけで、会う人も全部違ってくる。

「あのさ、別れたくはないよ」

と大地が言う。別れたくはないよ。ことばの意味を考えて戸惑う。そういうずるさは持ち合わせていない人だと思っていたから、見直してしまった。

「それは、もったいないから?」

「もったいないって?」

「結婚報告の時に学生時代から付き合ってる人なんですって言う時の好印象さとか、共通の友だちが多くていい関係を築けてることとか、大地のご両親がわたしを気に入ってることとか、あとは単純にかけてきた時間の長さとかを、もったいなく感じたのかなと思って」

大地がはっきりと、傷ついた顔を表面に出して、

「そういうことは、今は、考えてなかったよ」

と静かに言う。そっか、やっぱわけわかんないな。と思うだけで声には出さずにいたら、大地もまた無言になった。

後ろから大きな笑い声が聞こえ、振り返って見ると大学生くらいのカップルがふざけあっていた。こんな早朝から、ほとんど叫び声くらいの音量で笑ったり話したりしている。うるさいな転べばいいのに、と単純に呪う。自分にもあんな時代があったんだっけ。信号が赤になって止まる。カップルは立ち止まらず、小走りに道路を渡っていった。やばいって赤赤赤っ、と助けでも求めてるみたいな大声を辺りにまき散らして去っていく。

大通りから一本奥に入っているこの道は、交通量がそんなに多くなくて、今も走ってくる車はないけど、大地は絶対に信号を守る。どこで生徒や保護者が見てるか分からないからと大地は言うけど、たとえば海外旅行先でそこにいる誰も大地を知らなかったとしても、大地は信号を守るだろう。見たことないけど、そうするだろうと分かる。それと同じ気持ちで、大地は浮気をする人ではないと思っていた。というよりも、今もそう思っている。一夜限りとか遊びで体の関係だけ持とう、そんなことを計画してから女性を誘える人ではない。だから、気持ちがあったんだろう。あの写真の女の人に、気持ちがあるんだろう。くそぼけ、とまた汚いことばが頭に浮かぶ。これはわたしのことばじゃない、っていうの

は嘘だ。ほんとはいつも頭の中のことばが汚い。くそぼけくされまんこめ。ちんこもげて死ね。電柱の下、植込みの間に嘔吐《おうと》の跡がある。投げ捨てられてひしゃげたビール缶が転がっている。泥水を吸ってコンクリートにはりついているハンカチは誰にも拾われない。こんなところで、丁寧なことばだけで、どうやって生きていけというの。

さわがしいカップルの声がようやく聞こえなくなる。背中だけはまだ遠くに見えている。この間、おじいさんが座り込んでいた場所を通る。シャッターを下ろした不動産屋の前。古くなったコンクリートに穴があいて、そこから雑草が伸びている。東京のくせに、と腹立たしくなる。こういう古さや懐かしさを感じさせるようなちょっとした自然が、東京にもあることが腹立たしい。雑草を足で蹴ってみたけど、左右へ逃げて揺れるだけで、足をどかすと元に戻った。今度は上から踏みつけて、コンクリートに擦《こす》り付けるように踏みにじった。濃い緑の汁でコンクリートが汚れる。ここに一晩座っていてみようか。おじいさんには水が届いたけど、わたしには、上から踏みにじられるようなことが、どうせ起きる。

大地が驚いたような顔で、わたしの足元を見つめている。大地にいら立っていると思ったのかもしれない。

「違うよ」

とだけ言い、靴の裏の感触を確かめながら歩き出す。

駅に到着する。大地が振り返ってわたしの顔を見る。わたしは何も言わないで大地を追い越し、改札をくぐる。大地がすぐ後ろから付いてくる。六時台のホームは、いつも乗る八時台のホームよりすいている。それでも、人はたくさんいる。

　わたしと大地の乗る電車は反対方向で、電光掲示板を見ると、わたしの乗る電車の方が先に来るみたいだった。階段を上ったところから離れて、ホームの真ん中辺りまで行こうと思って歩く。大地が後ろからついてくる。こんな時ですら、わたしたちは決して仕事を休まない。仕事を休んででも話し合うようなことなんじゃないだろうか。ていうか仕事なんかしてる場合なのかな。とわたしは思うけど、大地はきっと仕事なんかなんて感覚は持ったことないんだろうし。まもなく電車が参ります。女性の声でアナウンスが流れる。

　ふらっと体が動いた、というのは違う。動かなかった。後で誰がなんて言おうと、わたしはそうだと思っている。動かずに、よけなかっただけ。だからぶつかった。

　三十歳くらいの男だった。大地と同じくらい背が高い。がっしりとした体つきが、スーツの上からでも分かった。男は暗くも明るくもない表情で、右手で持ったスマートフォンの画面を見ながら、顔をあげている他の人たちと同じ速度ですたすたと、なんの支障もなく歩みを進めていた。よけてもらえなかったことなんて、ないのだろう。他人が自分のためによけていることを、知りさえしないのかもしれない。わたしは、ななめ後ろを歩く大地を忘れた。よけない、と決めて踏み出した一歩は、そうしようと意識したわけではないけれど、足音もしなかった。

まっすぐ歩いてぶつかったその瞬間に、男の後方、離れた場所に立っていた女子高生と目があった。かちっと音を鳴らしてはめこまれたような視線のからみ方だった。

「痛い」

と声をあげたのはわたしだ。

叫んだつもりだったけれど、そんなに大きな声ではなかったかもしれない。男が反射的に腕を突き出したせいで、手に持っていたスマートフォンがわたしの胸とお腹に突き刺さるように当たった。痛みで冴える。ぶつかる寸前に目の前に人がいることに気付いた男が、どうせぶつかるのならなるべく相手に痛い思いをさせようと思ってそんな動きをしたのかもしれない、と頭の端の冷えた部分で考えた。反射的に動いてしまったことにすれば罪悪感は少なく人を痛めつけることができる。わたしもまた、男が腕を痛めればいいと期待して勢いをつけ、男の腕を体ごと押し返す。そのまま、自分の体を守るように前かがみになった。

押された男が一歩、後ろに下がった。目を見開く。バランスを崩した足がもつれて、左に体が傾く。体の行く先を指し示すように、右腕が上に伸びる。スマートフォンを持ったままの右手が大きく上に差し上げられ、その画面に引っ張られるように男の視線も上に向いた。ぐらり、と男の体が揺れた。

ファアンッ。警告音が空気を切り裂いて鳴る。

体勢を崩した男が腰の高さのホームドアにぶつかり、はみ出した上半身が、走り込んできた電車と接触する。重たくて鈍い音。同時に男の振り上げた右手からスマートフォンがすり抜けて舞い上がり、電車に当たって、鋭いスピードで撥ね返った。こちらに向かってきたので思わず目を閉じて体を硬くする。直後、くぐもった声が後ろで聞こえた。はっとして振り返ると、大地が両手で首を押さえていた。えっ、とわたしが声をあげる間に、大地がじりじりとその場にしゃがみ込んで、地面に尻もちをついた。その足元に、大地に直撃したらしい男のスマートフォンと、大地の通勤鞄が落ちていた。

大地が首を押さえて下を向き、低い声で何か言っている。人の声がざわざわと大きくなる。駅員が走ってくる。大地からすこし離れたところで、サラリーマンもうずくまっている。こんな時なのにわたしは、生きてんだからいいじゃん、とわけの分からないことを真っ先に考える。

大地の隣にしゃがみ込む。首を押さえている大地の手を見る。血は出てないみたいだった。大地はふうふうと音を立てて呼吸している。俯いたままこちらを見ない。大地の背中に手を当てる。

子どもの頃に遊んだマリオカートのゲームを思い出した。レースではなくバトルの方。カートの上に風船が三つずつ浮かんでいて、プレイヤーはその風船を割り合う。三つとも風船が割られたら負け。バナナを設置してすべらせたり、甲羅をぶつけたりして、風船を割り合うゲーム。お互いに赤か青か、色違いの風船を持っている。基本的には風船を割り合うゲームだけど、キノコで加速した時にぶつかると、相手の風船が自分のカートにくっつくんだった。ぷるんと揺れて。自分の赤い風船が三つ、相手から奪った青い風船が一つ。本来三つしか浮かぶ予定のなかったカートの上で、四つの風船は狭そうに身を寄せ合って揺れる。逆のこともあった。わたしの風船が奪われて敵キャラクターのカートの上で揺れていること。わたしのぶんだったのに取られてしまった風船。挽回《ばんかい》しようと甲羅を投げつけると、わたしのぶんだった風船から割れていく。割れるはずだった敵の青い風船は無傷のまま三つ残る。

救急車の音が遠くでして、しばらくすると担架を持った救急隊員が入ってきた。こっちです、と手を高く挙げたのに、先に担架に乗せられたのは大地じゃなくてサラリーマンの方だった。こっちも大変なんです。もう一度声をあげると、その声が終わらないうちに二台目の担架が運ばれてきて、大地が乗せられた。名前を聞かれて答えている。

大地の乗せられた担架について行こうとしたが、呼び止められた。いつの間にか隣に警察官が立っている。どういった状況だったか聞かせてもらえませんかと言われ、連れが怪我をしたのでついて行きたいんですが、と答える。担架に視線を戻すと、大地は手で首を押さえたまま横たえられている。目は合わない。

「先に運ばれていった男の人が、ぶつかられたって言ってた」

それは誰でもない声だった。大声ではなかったのに、その声の周りを音が避けたみたいにまっすぐ聞こえた。

「わたしにもそういうふうに見えました。そこの女の人がぶつかっていったみたいに」

声をたどって発生源を見る。さっき目があった高校生の女の子が立っていた。まっすぐな子どもの目で、警察官ではなくわたしを見ている。その視線に促されるように、たくさんの人の目がわたしに向いた。その声の方向に頷いて見せた警察官が、「とにかくどんな状況だったか話してもらえますか」とわたしに向かって言う。

大地は担架に腰かけて俯いた形のまま動かない。担架で運ぶより歩いてもらった方が安全かもしれない、と警察官とわたしとの会話とは別の流れでもって救急隊員たちが話し合っている。大地はわたしの話じゃなくてそちらの話を聞いているように見えた。なんでわたしだけ、と思う。前を向いて歩いていたのに。顔をあげて話を聞いてきたのに。スマートフォンは鞄にしまっているのに。みんな、いい子だって言ってくるくせに。にこにこしていたら安心するくせに。自分が傷つけられたぶん、囚われたぶん、取られたぶん、削られたぶん、薄められたぶん。同じだけを他人にも、と思う。だっておかしい。割に合わない。

思うのに、わたしの口から出てくるのは、すみません、とささやく小さな声だけだった。どうしてなんだろう、と思う。また、思う。思うけど、音になったことばは出てはこない。

本当にすみません、申し訳ございません、よそ見をしていて、考えごとをしていて、ぼんやりしていて、でもわざとじゃなくて、よけられなかっただけで、よけようと思った時には相手の方のスマートフォンがわたしにぶつかっていて、どうしよう相手の方、怪我、心配で、わたし、ほんとに、ほんとに——。

眉を下げて下唇を噛んで目をうるませて、本当に反省して後悔していますっていう顔を、わたしはしている。壊れているんだろうか。これから壊れていくんだろうか。ふと、公園の植込みに葬られた魚のことを思い出す。よかったね、あんたは、大地の住んでるマンションの前に捨てられて。はは、とかすれた笑い声が漏れた。急いで息を吸って声を止め、すみません、と元に戻って繰り返す。〈はは、じゃないでしょ〉と思う。思ったのか、誰かに言われたのか。

よけてあげなかっただけで、こんなおおごとになっているのが、おかしくて笑える。前を向いてまっすぐ歩く人だけが、よけていくべきなんだろうか。見えている人が、分かっている人が、できる人が、そうしなきゃいけないんだろうか。ヨシオカくんごめんね。頭の中で謝る。道でぶつかったあの日の、ヨシオカくんの顔。きみは、分かってたよね、わたしがわざとよけなかったこと。だけど、どうしてそんなことが起こるか分からなかったでしょう。ぶつかったら痛いのに、怪我をしてまで自転車にぶつかってくる歩行者がいるなんて、信じられなかったでしょう。でも怪我は、もうしていたの。たくさん、していたから、もうひとつくらい増えても、どうでもよかった。

すみません、本当に、申し訳ございませんでした。ことばにくっきりと申し訳なさを滲ませて提示しているのに、周りの人たちの目は凍っている。足りないんだよ、っていう目。スマートフォンのカメラの音が鳴る。それなら泣こうかなと思う。涙くらいすぐに出せる。差し出しやすいものから順番に搾取されると分かって、それに怒っているくせに、結局流されて迎合しているだけなのかもしれない。ぐるり、取り囲む人たちを順番に見つめ、目玉の裏に、水の湧いてくる熱を感じる。

これは、割に合っているんだろうか。ちょうどいいことだろうか。ぶつかられる前にぶつかったこと、いなくなる大地に忘れられない怪我をさせたこと。あの、なくなった忘年会のお金。あのお金を盗んだ人が、どうかまだうちの職場で働いていますように。これからも働き続けますように。

警察官に促され、警察署に向かう。いつもは列に並ぶわたしを抜かし、スマホに視線を落として決して道を譲らず、肩がぶつかっても何もなかった顔で通り過ぎていく人たちが、今はみんな立ち止まって顔をあげ、わたしのために道を開けている。顔、顔、顔の花道。その顔の中に、ヨシオカくんや、レジのおばさんや、桐谷さんがいるような気がして探す。みんなこちらを見ているくせに、わたしが目を見つめ返すとすっと視線が外される。

警察署の中の狭い部屋に座らされて四時間ほどが経った頃、突然「帰っていいですよ」と言われた。顔をあげると、父親くらいの年齢の灰色の髪をした警察官がわたしを見下ろしていた。

「駅の防犯カメラを見たら、確かに男性の方がスマートフォンを見ながら歩いていたのが分かりました。あなたはよけなかった、けれど別に体当たりしにいったわけではないようでした。少なくとも、カメラの映像では読み取れなかった、という判断です」

という判断です、と付け加えられたことばに「わたしは納得していませんが」というニュアンスが含まれていた。帰っていいと言ったわりには、わたしが立ち上がると警察官の目元が険しくなった。

「わたし個人はね、カメラにうつっているものよりも、人の目が見たものを信じますよ。映像は証拠になるが確実じゃない。動かない事実でも、真実ではない。そう思ってます。でもまあ仕方ない」

こっちからどうぞ、と案内されてついて行く。体が疲れている。数歩歩いただけでしんどかった。それは心が疲れているからだと思った。あくびが出そうになって、口と鼻の奥に力を入れて我慢する。あくびになって出ていくはずだった空気が、喉で殺される。

蛍光灯がしらじらと明るい廊下を歩きながら、警察官が言う。

「体当たりしたわけじゃなくたって、よけないでぶつかったら怪我するかもしれないっていうのは、分かってたでしょうに。なんでよけなかったんです」

なんでと問われて、思わず、

「疲れていて」

と答える。疲れていて。とても、疲れていて。

はあ、と警察官が投げつけるようなため息をつく。

「そんな疲れてるんだったら、誰か迎えを呼びますか」

廊下を歩き終える時にそう尋ねられる。階段を上ったらすぐに外だった。わたしはほとんど考えもせずに「いえ」と断り、警察署を出た。空気が生ぬるい。迎えに来てくれる人なんか。大地や望海や圭さんや親の顔が次々と浮かんできて、けれどすぐに頭の奥へ引きずられて沈んでいくように消えて行った。別れ際に、また連絡すると思いますんで、と厳しい声で警察官が言った。

パトカーで連れてこられたので、自分が今どこにいるのか正確には分からなかった。地図のアプリで現在地を調べる。駅までは歩いて十五分ほどかかるようだった。警察で告げられた病院名を検索すると、車で十分と出る。大地のところへ向かおうか、向かわない方がいいのか、考えながらひとまず駅に向かって歩き出す。太陽がちょうど真上にあった。

今日のことを望海に話したら、笑ってくれるだろうか。駅でおじさんにぶつかったら怪我させちゃって救急車も来てなんか知らないけど警察連れていかれてさ、でも結局防犯カメラの映像見たら悪いの向こうだったって分かって帰されてさー、いろいろやばくない？なんてふうに話したら。望海とよく行く居酒屋のテーブルが頭に浮かぶ。やけに鮮明に、醤油のびんの注ぎ口が汚れているのや、油でべたべたになったメニュー表なんかが、頭の中でちかちか点滅する。

圭さん、わたし駅で人にぶつかっちゃって、その人怪我させちゃって、警察まできちゃって、でもその人が歩きスマホしててむしろわたしはぶつかられた側だってことが分かって大丈夫だったんですけど、でもわたしもぼーっとしててぶつかっちゃったんだと思うからなんか、そう、実はそのちょっと前に大地が浮気してるのが分かって、わたしつらくて、それで、ぼうっと……。圭さんが簡単に涙を浮かべる姿が想像できる。かわいそう、ひどいって、本心からそう思って泣いてくれるだろうけど、そんなのは全然わたしのためにならなくて、でも望海が笑ったり圭さんが泣いたり、わたしのために感情が動くのを見たら、きっとほっとする。

大地には、なんて話せばいいだろう。「防犯カメラで見てもらったけど、やっぱりわたし悪くなかったよ」？　カメラにうつっているものよりも、人の目が見たものを信じますよ、という警察官の声を思い出す。大地も多分そうだ。それならそれでいい。大地の目で見たわたしを信じればいい。それで、おまえが悪いと思うよ、って言ってくれたらいい。わたしは、わたしが悪い時でも、わたしは悪くないって主張する。だって割に合わせただけだから。いいとか悪いとかじゃないから。わたしはわたしのぶんだけしかやりたくないから。全部背負っていくのは嫌だから。嫌だけどでも、やっぱり悪いことをしたって思ってる部分はあって、だけど誰にもそれは言えない。わたしが悪かったって認めたら、それは、わたしが割に合わないことを受け入れて生きていかなきゃいけないってことになる。顔をあげて前を向いて歩いている人ばかりが、先に気付く人ばかりが、人のぶんまでよけてあげ続けなきゃいけないってことになる。おれはそうするよ、ってきっと大地は言う。そうだろうね、大地。大地はきっとそうする。直線を譲らないことが、まっすぐに歩くことではないと分かっているから。

手帳を取り出したいけど、あまりにも書くべきことが多いから、家に帰ってからにしようと思い、ふと、手帳に挟んだままにしているスーパーの『お客様アンケート』のことを思い出した。あのスーパーに行くことはもうないのかもしれない。出しそびれてしまった。今から行って出してしまおうか。どうせどこにだって行けるんだから。現在地から大地のマンションの最寄り駅までの経路を調べようと鞄の中に手を入れた時、ちょうどスマートフォンが振動した。望海からのＬＩＮＥだった。

〈昨日の貧血ってあれから大丈夫だった？　もし体調悪かったらなんか買ってお見舞い行くよー。酒なしで！〉

画面を見つめる。立ち止まっているわたしを、後ろから来た人が追い抜いていく。

今日あったことを酒の肴《さかな》にしないで、ただ話すということができるだろうか。演出の悪さ抜きで、演出のいい子も抜きで、時々いいことをしたくなるのも、悪いことをしたくなるのも、それが日々変わっていくことも、わたしは誰とも共有できないと決めつけている、けれど。自分のまつげが震えたのが分かった。人とつながったり切れたり、そうしていくしかないのだ。

駅に近づくにつれて、人が増えてきた。向こうの方から、スマートフォンに視線を落として歩いてくる男がいる。わたしはまっすぐに歩き続ける。どうか、と祈りながら。

お供え

Uさんが怖いんです、とAが話し始めた時、最初はいい気分だった。ランチセットのデザートで出されたプリンをスプーンの先でつついているAは、眉を寄せ深刻な顔をしている。同僚の陰口をたたく間、わたしたちはぐっと、なんというか正確に、親しくなれているような気がする。わたしとAのちょうど中間くらいの年齢のUさんは、そつなく仕事をこなし愛想も悪くないので、これまで陰口が共有されたこともなく、新しい話題の提供という意味でも喜ばしかった。

「怖いって、なにかされたの」

期待しながら、心配している声色を使って問う。どんなひどいことをされたんだろう。

「机に、鍵《かぎ》谷《や》正造《しょうぞう》フィギュアを置いてるんですよ」

めっちゃ、怖くないですか。真剣な顔でつぶやくAの顔を、ぽかんと見つめる。続きを待ったが、Aは自分の手にスプーンがあるのを思い出したようにプリンをすくい、それで口を塞いでしまう。もしかして、同僚の陰口の共有で親しさを測っているのはわたしだけなんだろうか、とそんなことを考える。怖いかな、それ。戸惑いながら言うと、めっちゃ怖いです、と力強くAが頷いた。

創業一〇〇周年を記念して、鍵谷正造のフィギュアが作られたのは、今から十五年前のことだ。当時わたしは入社したばかりの新入社員で、各部署の受付に置かれた鍵谷正造フィギュアを、そういうものなのだろうと受け入れていたが、今考えるといくらなんでもセンスが悪すぎると苦笑するのと同時に、企画部の苦悩と迷走が透けて見えて、恐ろしくもある。直立不動の姿勢で、青みがかったスーツ姿、撫《な》でつけられた黒髪にのっぺりとした特徴のない顔の男性のフィギュアだった。鍵谷正造は八十代で亡くなったらしいが、フィギュアの顔は年齢不詳ながら中年男性に見える。三十代か四十代か五十代か、壮年の鍵谷正造をモデルにしたのだろう。

創業一〇一周年を迎える頃には、鍵谷正造フィギュアは花瓶やカレンダーの陰に追いやられて埃をかぶっていた。ひとつ、ふたつと引き揚げられ、創業者を廃棄するのは忍びないとしまい込まれていたのが、先月、倉庫内の整理をした時に発掘され、いよいよ捨てるかという話になった。十五年間も残していたのだからもういいだろう、当時の管理職ももういないし、とそういう空気だったところで、「捨てるんなら、ぼく、ひとつもらっていいですか」と声を上げたのがUさんだった。

「あのフィギュア、机に置いてあるんだ。それは……すごい趣味だね」

「よりによってわたしの席側に置いてるんです。電話機の横に。すごく嫌で」

Aが忌々しそうにため息をつく。AとUさんの机は左右に並んでいる。営業部の中で、机が八つずつ集まった島が横並びに三つあり、AとUさんは左端の島に、まんなかをひとつ飛ばした右端の島にわたしがいる。席が離れているので、彼らの机上をまじまじと見る機会はなく、Uさんが鍵谷正造フィギュアを手に入れたことも、変わった人だなあとその時彼に抱いた気持ちごと、今まで忘れていた。

「なんでそんなに嫌なの？　確かにかわいい置物とは言えないけど、汚いものってわけでもないし別にいいんじゃない」

わたしの言葉を遮るように、Aは首を横に振った。

「目が合うんです」

あまりに真面目に言うので、ぷっと音を立てて噴き出してしまう。Aがわたしをにらみつける。一緒にランチに来る仲とはいえ、先輩に対してその目はないだろう、と少しだけ苛立《いらだ》ち、表情に出てしまいそうなのをごまかすためにグラスに手を伸ばして水を飲んだ。早くプリンを食べ終えてほしい。

「ほんとうに、目が合うんですよ。鍵谷正造フィギュアがこのくらいの高さじゃないですか」

と、Aが親指と中指を目いっぱいに広げて見せる。

「顔がちょっと顎を上げた角度で付いてるせいで、ちょうどわたしを見上げてるみたいで」

「いやいや、気のせいなんじゃない」

鍵谷正造フィギュアは、安っぽい作りではないが、やはり十五年も前に作られたものということもあって、目などは黒い点が塗られているだけで、強張《こわば》った頰のラインと合わさって、どこを見ているとも知れない顔をしている。あの黒い点を見つめても、目が合うという感覚はない。顔のために目らしいものがあるなあ、という程度なのだ。

いや、でもほんとうに怖いんですよ、とAが情けない声でつぶやく。

「この間、K主任が北海道に出張に行ったじゃないですか。お土産で、名産だっていう白い甘納豆《あまなっとう》を配ってくれましたけど、Uさん、もうひとつくださいって二袋受け取って、一つは自分で食べて、もう一つは鍵谷正造フィギュアの前に置いてたんです」

三角袋に個包装された白い甘納豆を、留辺蘂《るべしべ》ってとこに行ったんだけどめちゃくちゃ遠かったよ、と言いながらK主任が部内をぐるりと歩いて配った。その場にいない人の分は、机に置いていた。営業部は出張するのが仕事のような部署なので、その日も半分くらいの人は席にいなかった。出張の度に買ってくるわけではないが、珍しい土地に行ったり、気が向いたりすると時々、こうして土産が配られる。

「どういうこと？　一つは自分ので、もう一つは鍵谷正造フィギュアのってこと？」

Aが頷く。

「鍵谷正造にお供えしてるんです」

「お供え……」

繰り返したつぶやきが、意識したわけではないが、妙に厳かに響く。

「鍵谷正造にお供えしたぶんは、その日は食べないんです。Uさんってもらったお土産はその日中に食べちゃうか、溜めないように家に持って帰ったりしてる人なんですけど、それは自分のぶんだけで、お供えしたぶんは、次の日以降に食べるんです」

「結局Uさんが二つとも食べるんだ」

思わず笑うが、Aは硬い表情を崩さない。

「めっちゃ、怖くないですか」

「怖いっていうか、ずうずうしいというか、いやしい感じは、するけど」

はあ、とAがこれ見よがしなため息をつく。分かってないですね、とでも言いたげな様子に、自分の目が険しくなるのを自覚するが、Aは気にしていないようで、「怖くないのが怖いですよ」愛想なく言う。

反射的に「うるさいな」と突き放した声が出てしまうが、「はいはい」と苦笑いで流される。なめられていると感じ、腕の毛が逆立つ感覚がするが、定期的にムダ毛処理をしている腕に生えている毛は一ミリにも満たないので、総毛立ったとしても線というより点のようで、それがカーディガン越しにぶつぶつと飛び出す準備をしている、とそんな想像をしたところで、そろそろ職場に戻らないといけないのでは、とまるで別のところから時間感覚のアラートが降ってきて、ぱっとスマホで確認すると、まさしくいつも店を出る目安にしている時間だった。行こうか、と声をかけて立ち上がる。Ａはだいぶ歳の離れた後輩だけど、ランチは頻繁に一緒に行くのでおごらない。別々に会計を済ませて、店を出た。

お供えの話を聞いてから、Ｕさんの机を意識して見るようになった。よく片付けられているというよりは、ほとんど物がない。左側に電話機、真ん中にノートパソコン、右側に「未処理」「承認待ち」というテープがはられたファイルが二つ並んでいるだけのシンプルな机上で、電話機の左側、Ｕさんのスペースぎりぎりの位置に置かれた鍵谷正造フィギュアは確かに異質だった。

鍵谷正造がその爪楊枝ほどの長さの腕を伸ばせば届く距離に、Ａの机に置かれたサボテンがある。サボテンの植木鉢の左側にはオレンジ色のソフトビニール人形が三体並んでいる。Ａの机は散らかっているとは言わないが、両側に書類が入ったクリアファイルが十何枚も重ねられているし、お土産でもらったらしいアメやまんじゅうやチョコが点々と置かれ、雑然としている。三体いるソフトビニール人形は、ぷっくりしたフォルムのうさぎのキャラクターで、目が過剰に大きい。こちらの方がよっぽど目が合う、と鍵谷正造フィギュアと見比べてしまう。

人によって机上もいろいろだな、と気付いてみると面白い。同僚が出払ったタイミングを見計らって、見て回る。課長席は両袖の引き出しに独立式の四段ラックも添えられているので机の上がやたらと広いが、私物は置いていないようだった。右にも左にも書類の山で、半年も前に完了したプロジェクト名が書かれた分厚いファイルが積まれたままになっている。Rさんの机に飾られた葉書には、女の人の顔と「ははのひ」という文字がどちらも同じ赤の色鉛筆で書かれている。Tさんの机には男性アイドルの写真が小さな額に入れて置いて、というよりパソコンと電話機の間に挟まれていて、電話に出る度に男性アイドルの写真が日に入るようになっている。E主任の机にはマリモの入った小瓶が置かれているし、Nさんの机には随分精巧な赤いスポーツカーの模型が置かれている。

だんだん、どうしてそう自分の机で個性を主張するのか、と不思議になる。子どもの絵もアイドルもマリモも車も、その人を構成するほんの一端でしかないものだけれど、その人の他の面を見る機会が少ないので、それだけが拡大して浸透してしまう。子煩悩なのね、アイドル命なのね、自然派なのね、車に詳しいのね、のように。何も置かないなら置かないで、趣味がないなどと言われかねない。

そんなことを考えながら人の机を見て回っていると、外での打ち合わせを終えたUさんが帰ってきた。ちょうどUさんの机をまじまじと見ていたところだったので少し気まずい。隣のAの机に用事があるふりをしようかと思ったが、書類も何も持っていないので余計に不自然になりそうだった。お疲れさまです、と鞄を置いたUさんが怪訝《けげん》そうな顔をしていたので、仕方なく「ちょっと、鍵谷正造フィギュアを見ていて」と正直に言うと、ああ、と納得したように頷いた。それから、すっと手を伸ばして鍵谷正造フィギュアを示した。

「よかったら、何かお供えなさいますか」

えっ、と驚いていると、Uさんは椅子に座り、上から三段目の引き出しを開けた。引き出しいっぱいに、お菓子がたくさん入っていた。和菓子店のものらしい立派な包装がされたおまんじゅうもあれば、スーパーでよく見かけるクッキーもある。いろいろな種類のアメ、グミ、チョコも。

「甘いものが多いね……」

ぱっと見た感じ、しょっぱい系のお菓子がなかったので思わずそう言ってしまう。せんべいやおかきがあっても良さそうなのにない。

「あ、それは、ぼくが食べちゃってるからですね。鍵谷正造にお供えが済んだ後は、ぼくがいただいてるんですけど、お供えに、比較的甘いものが多いせいか、ついしょっぱいやつに手が伸びてしまって」

「なるほど、それで」

納得して、うんうん頷く。引き出しが閉められる。Uさんは座ったままわたしを見上げ、

「でも、お供えは甘いものでもしょっぱいものでも、どちらでも大丈夫ですから。鍵谷正

造に供えたいと思う方で。ただ、小さいものや量が少ないものの方が、後々ぼくは助かります。鍵谷正造がほんとうに食べられたらいいんですけどね」

と親切な顔で笑った。

鍵谷正造フィギュアにお供えをした人は願いごとが叶《かな》う。その話をAから聞いたのは、Uさんが怖いという話をした、二か月ほど後だった。

「らしいですよ。ただし、ちょっとしたお願いごとに限るそうですけど」

Aが鏡の方へ顔を向けたまま言った。鏡越しに一瞬だけ目が合ったが、Aはすぐに自分の前髪のうねりに注意を向けた。今日の昼食は部署のみんなで宅配弁当を頼んだ。テレビで特集されていた、タレントの楽屋に置かれる弁当の人気ランキングで上位に入っているという、有名なハンバーグ屋の弁当だった。ミーティングテーブルに集まってみんなでそれを食べた。食後も続く雑談の輪からAと二人でタイミングを合わせて抜け出し、トイレで歯を磨いている。

Sさんは予定されていた休日出勤がなくなったし、Dさんは行きたいと思っていた沖縄出張の担当に、Fさんは希望していた近隣回りの担当になった、など。共通しているのは些細なラッキーであることと、職場に関わっているということだった。それはやはり、創業者の力の限界ということなのかもしれない。

Aと二人でそんな話をしていると、三つ離れた洗面台で同じく歯を磨いていたTさんが、ふいにこちらに顔を向けた。

「わたしもこの間お供えしたのよ。来月幕張《まくはり》でやるイベントの担当になりませんようにって。幕張のイベントは大きいから、二人に一人くらい駆り出されるでしょう。でも、お供えしたら、無事に担当から外れてた」

それがお供えのおかげかどうかさだかではないが、来月のイベント分担が割り振られたのがお供えをした翌日で、シフト配付がいつもより早かったから、お供えのおかげということにしているらしい。

「気の持ちようよね。幕張のイベントがある日曜日、テレビ番組観覧に応募していて。抽選に当たる可能性は低いんだけど、もし当たった時に仕事が入ってたら嫌じゃない。頼めば誰か代わってくれるかもしれないけど、番組観覧が当たったからって言いにくいし……。だから初めから担当にならなくって良かった」

Tさんは話しながら手早く化粧を直してトイレを出て行った。途端に、にこにこと話を聞いていたAが、Tさんってすぐ人の話に入ってきますよね、と腐《くさ》す。いちいちうるさいなという気持ちと、そういうちょっとした陰口をわたしに言ってくるAの距離の近さにほっとする気持ちの、両方がわく。

「でもなんか、すごいね。ご利益あるんだ」

わたしが言うと、Ａは小馬鹿にしたように笑った。

「鍵谷正造のおかげって、ほんとうに思ってます？」

「あんたが話し出したたんじゃん」

こちらも小馬鹿にした感じを出して返す。鼻先に空気を溜めたような声の出し方になった。その自分の声でおかしくなって顔が笑う。

「わたしが話したかったのは、Ｕさんがやっぱり怖いっていう話です。昨日と今日、Ｕさん出張でいないから、お供えがそのままになってるんですよ。三つもあります。三十人もいない部署で、三人がお供えしてるってなんか、嫌じゃないですか？」

確かに多い、とそう思ったけれど、わざと首をかしげる。

「三人くらいなら、まあ、噂を信じている人がいても、おかしくないんじゃない」

殊更冷静にわたしが言うと、Ａはふうっと息を吐いて、戻りましょう、と化粧ポーチを手に取った。今日は内勤だけらしくカジュアルなレンガ色のスカートを穿《は》いている。その後ろ姿は昔と随分違う。Ａは入社してきた三年前、就活マニュアル本の表紙に載っていそうな斜めに分けた前髪と頭の後ろでひとつ結びにした黒髪で、ナチュラルに見えるよう丁寧に仕上げた化粧をほどこし、リクルートスーツに身を固めていた。三か月間、わたしが教育係で付き、教育係を終えた後も二年間は、同じエリアを担当していた。この春、部内で定期の担当替えがあって仕事のペアではなくなり、席も離れたが、以降もこうして一緒に行動することは多い。

トイレから廊下に出たところで、Bさんと出くわした。長財布を手に持っているので、これからランチに出るところなのかもしれない。わたしと目が合うと、あっと声を上げてすぐ笑顔になる。わたしも目いっぱいの笑顔を浮かべる。目いっぱいを自覚したのではなく、反射的にその笑顔になった。

「なんか、久しぶり。元気?」

「元気ですー。この間、山内商店さんに行った時にBさんの話になりました。マネージャーさん覚えてます?　会いたがってましたよー」

「えーうれしいな。てゆうか今度久しぶりにごはん行こうよ」

「ぜひ」

「また連絡するねー」

Bさんはわたしに手を振って、隣に立つAにもにっこりとほほ笑みかけ、歩いて行った。

「今のってマーケティング部の方でしたっけ。仲いいんですか?」

「うん」と答えて、「まあまあ」と付け足す。その方が、ほんとうに仲がいいように聞こえる気がした。そうですか、とAが興味なさそうにつぶやいた。

わたしとAは二年間だけだったけれど、わたしとわたしの教育係だったBさんとは、そのままタッグを組むように七年間一緒に働いた。わたしが入社八年目の四月、Bさんがマーケティング部へ異動になった。とはいえ同じ社内で、営業部とフロアは違うけれどひとつの建物の中にいるのだし、七年間ほとんど毎日一緒に昼食をとり、朝から晩まで顔を突き合わせて仕事をし、週に一度か二度は飲みに行く仲だったから、頻度は減るとしても関係は続くのだろうと思っていた。実際、Bさんが異動してすぐ「ちょっと聞いてよ」と近くの居酒屋に呼び出され、新しい部署の人間関係の話を聞かされたし、それからもちょくちょく会ってはいた。けれど、ちょくちょくが時々になり、時々はぽつぽつになり、ぽつぽつはまれに、たまに、機会があれば、一年に一回くらいは、と年賀状のような義理と形だけの関係になっていった。その関係の変化の観測に、焦燥感が募らないわけではなかったけれど、それではもっとたくさん会いたいか、と問われるとそうではない。一年に一回、そのくらいでいいか、いいよな、と思う。多分、Bさんもそうなのだろう。わたしたちは職場の先輩と後輩で、友だちではなかったのだ、と気付いたし、友だちだってそんなものだった。中学高校で休み時間に片時も離れなかったあの子たちと、今はもうほとんど連絡を取っていないし、と考えたところで、七年も八年も連絡を取り合っていないのは、ほとんどではなく全くというのだ、と思い直す。

いつかこの職場を辞めたら、今ほんのりとつながっているBさんとの関係もそれきりになるのだろう。これから定年までまだ二十年以上ある。それだけの長い時間を同じ会社の中で過ごしても、退職したらそれきりという人がBさん以外にもたくさんいる。若い頃、それこそAくらいの年の頃は、十年も二十年も三十年も働く未来が、途方もないことのように感じられていたけれど、三十代も後半になった今は、あと十年も二十年もこんな感じで働くんだろうと容易にイメージができる、そのことの方が恐ろしい。今ここの、この場でしかない人間関係をまだ何十年も築き続けるのだ。作って作って、いつか全部手放す。みんなそうなのかは知らないが、少なくともわたしはそうなのだ。

そんなふうに納得した頃、Aが入社してきた。

かわいい子だと思った。にこにこしているし、挨拶も元気がいいし、仕事をがんばって覚えようという姿勢があった。教育係になったわたしのことを、無条件に信用して尊敬しかけているようにも見えた。それで、突き放してみたら、謙虚な新人らしさを徐々に溶かして、軽口をたたく友だちみたいな関係の後輩になった。適応しているんじゃないよ、低姿勢でいろよ、と憎らしくなった。ほんのすこしの憎らしさだった。それがたった三年で、どうしてこんなに大きくなったのか。話し方ひとつ、歩き方ひとつ、全部にいらいらするのに、いくらでも仲良くできた。ランチ行こうよ、今日飲みに行こうよ、と自分から誘ってしまう度、最近全然声をかけてこないBさんも、こんな気持ちだったんだろうかと思った。中学で仲がよかった子も、高校で仲がよかった子も。連絡が途絶えたあの人たちに、わたしからも連絡しないことで、なんとか保っているのだ。捨て合っていることにしているのだ。

「今日のお弁当、おいしかったですね」

部屋の前に着いて左右に分かれる直前に、Aがさっと振り返ってそう言った。急だったので驚いてしまい、一瞬言葉につまる。「うん」と頷き、「おいしかったね」と返す。それを挨拶の代わりにして、Aは自席に戻っていった。

昼休みはあと十分ほど残っている。自分の席に着いてスマホを取り出し、目的もなく眺めた。左右と前に座るそれぞれの社員の存在が際立って感じられた。空気にみんなが食べた弁当のにおいが残っている。

「今日の弁当、おいしかったね」

と、右隣の席のJさんに声をかけられ、「ですねー」と笑顔で返す。休み時間中に話し掛けないでほしい、と心が一瞬でささくれてめくれる。Jさんは「そういえばさ」とニュースサイトで仕入れたばかりの話を始める。仕方ないのでわたしは驚いたり悲しんだり反応を与える。この人死なないかなあ、とふいに思う。最近はまっているというドラマのあらすじを話しているJさんに相槌を打ちながら、さりげなく左右を見渡す。I課長もMさんもWさんもE主任もFさんも、みーんな、死なないかなあ。

プライベートの知り合いと比べて遥かに低いラインを引いて、職場の人たちを嫌いだと思えてしまう。この確信はなんなんだろう。自分が選んだのは仕事であって人間ではない、自分が選んだ人間ではないから、嫌ってしまってもかまわないと、そういう心理だろうか。

大嫌い、と自分から切り捨てるように思うことができるのだから、わたしはきっとどこに行っても、誰と働いても嫌いになってしまうのだろう、と分かる。今目の前にいるこの人たちが特別悪い人間というわけではないのだ。

そういえば、とJさんが唐突に話を変えた。

「この間のクレーム対応、すごかったね。なかなかあんなにうまいことさばけないよ。言い回しっていうか、もし同じことを言ってもおれじゃ駄目だったろうなと思うもん。後輩たちだけじゃなくて管理職も見習うっていうか、もう教えてもらった方がいいなあれは」

「大げさですって」

笑って謙遜するが、頬が熱くなる。胸の下、腹の上あたりがきゅっと詰まる。自分でもあれはうまくできた、と思っていた。若手が一次対応をしてこじれ、管理職を出せと怒鳴られたが不在だったため、わたしが代わって対応した。相手の言い分をよく踏まえて、でもうちに損失も出さない結果に落とし込めた。Jさんは直接対応に関わってはいなかったが、見てくれていたのか、とその賞賛を熱くなった体の端々が咲くように受け止める。

いやいやすごいよ、ほんとすごい、おれもがんばらなきゃなあ、とそんなふうにまとめて、昼休みを終えたJさんが仕事を始める。わたしもスリープしていたパソコンを起こす。ほめられてうれしい時、それでも相手を嫌いではなくならないから不思議で、でも、だからわたしは仕事を辞められないだろう。そう思って、途方にくれる。

散々馬鹿にされて外回りを終えた。

馬鹿だと言われたわけではないが、四十代のエリアマネージャーの、目の端やほうれい線の筋に、馬鹿を馬鹿だと思って何が悪い、と書いてあるのが見え隠れしていた。特に後半の何店舗か、男性の主任から引き継いだ店では顕著だった。

照明がひとつ飛ばしで消された廊下を早足で進む。二十一時を過ぎると節電のためにこんなふうになる。営業部の扉は閉まっているが、磨《す》りガラスの向こうは明るいので誰か残っているようだった。ドアを開けたところで、Aの後ろ姿が目に入り、「ただいま戻りました」という言葉を喉の奥に引っ込める。音を立てないようにそっと近づいた。部屋の中にAは一人きりで、こちらに背を向けて立ち、その顔はUさんの机に向けられていた。

「――が異動しますように。なるべく遠くへ」

名前は聞き取れなかった。

けれどそれは自分の名前だったと確信を持って思った。

音を立てないように、でも気配だけは残るように足裏を擦って、素早く部屋を出た。足早に廊下を進んで階段を上がり、ひとつ上の階のトイレに入る。個室に入り、尿意はなかったのに習性でパンツを下げて便器に腰かけた。便座がひやりと尻に冷たく、なにしてるんだろう、と思わずつぶやく。尿がちょろりと出てすぐに止まった。トイレットペーパーで拭いて水を流し、パンツを穿いた後は、立ち上がったまま個室の中でスマホをいじっていた。十五分ほど経ってから個室を出た。念入りに手を洗って、更に三分ほど時間を潰し、ようやく階段を下りて部屋に戻った。磨りガラスの向こうは先ほどと変わらずあかりが点いている。すっと鼻から息を吸って、それを吐き出すタイミングで音を立てて扉を開けた。

「お疲れさまです」

こちらに顔を向けてそう言ったのはUさんだった。見渡したがAはいない。彼一人だけが残っていた。はっと息をついて、「ただいま戻りました」と返す。ひとつ島を挟んだところにある自分の机に向かう。机の上にお菓子がひとつ置いてあった。リンゴパイらしい。手に取ると見た目より重たく、気軽な出張土産というよりは、手土産に用意するようなしっかりしたお菓子だった。前後左右の机には置かれておらず、誰からだろうかと考えていたら、

「あ、それ、多分Aさんからですよ。ぼくが戻るのと入れ違いで、ついさっき帰りましたけど、同じものが鍵谷正造にもお供えしてあるので」

と離れたところから目ざとくUさんが声をかけてくる。わたしは「そうですか、どうも」とだけ返した。リンゴパイを自分の机の端に置くと、敷いてあるデスクマットに挟んだ写真に重なったので、みんなの顔が見える位置にずらして置き直す。

三年前、Aが入社してきた時の歓迎会の写真だった。店の人に頼んで撮ってもらったの

で当時営業部にいた二十五人全員が写っている。主役のAは真ん中で、今は退職していなくなった部長に肩を抱かれ……というかもはや全身で抱きつかれるようにして立ちすくんでいる。今からほんの三年前なのに、Aはずいぶん若く見える。かたいリクルートスーツ姿のせいか、染められていない黒髪のせいか、あるいは、全身を強張らせているのに無理に微笑もうとしている表情のせいかもしれない。全然笑えていないのに、こうして眺めると正しく笑顔でいるようにも見える。この頃の方が、かわいかった。

その写真もういいかげん捨ててくださいよ、とAに度々言われているが、せっかくの入社記念なのだし、歓送迎会でも出張や家庭の用事で何人か欠席者がいるのが通常のところ、この時はたまたま全員が出席でき、今はもう異動や退職でいない人がいるとはいえ欠けたピースがない貴重な写真でもあるので、そのままにしている。わたしは端の方で若手社員たちと集まって写っている。リラックスした表情で、その写りも気に入っていた。

あのー、と声をかけられる。顔を上げると、Uさんが鞄を手にして立ち上がるところだった。

「そろそろ帰ろうと思います。すみませんけど、部屋の鍵、お願いします」

「ああ、うん。お疲れさま」

「お供えするんなら、日持ちするお菓子にしてくれませんか。ぼく、明日から出張と休みで四日間ほど来ないので」

心配そうに言い添えるので、わたしは笑った。

「大丈夫。そんな予定ないから」

と答える。Uさんは「そうですか」と頷き、

「鍵谷正造フィギュアを机に置いたのは、ノリっていうかなんとなくだったんですけど、こんなふうにお供えが浸透した今は、みんなのために置いて良かったなと思います。職場でひとつくらいこうして、本物の息が抜けるところがあるのは、いいですよね」

と同意を求めるでもなく一人で話し、お先に失礼します、と言って帰って行った。扉が低い音を立てながらゆっくり閉じるのを見届けて、立ち上がる。島をひとつ横切り、Aの机の前に立つ。相変わらず片付いてはいない。散らかっている、と眉をひそめるほどではないところが、Aらしいと思う。読みかけらしい資料がホチキスで留めた左上で折り目を付けてめくられたまま、机の左側に置かれ、その端が隣の席に少しはみ出ていた。

Uさんの机は相変わらず整然としている。鍵谷正造フィギュアの足元には、わたしの机上にあったのと同じリンゴパイが供えられていた。供えられたその日は食べないで、次の日以降にUさんが回収する、と前にAが言っていたことを思い出す。

リンゴパイを指で押すようにして弾く。リンゴパイがだだっ広いUさんの机の上をスライドして、真ん中のあたりで止まる。更に手を伸ばそうとして、止めた。代わりに鍵谷正造フィギュアを包み込むように両手を添える。プラスチックの軽い冷たさがあり、しばら

く手を添えていると、すぐにわたしと同じ温度になる。なるべく優しく、そっと動かし、鍵谷正造の体をＡの机の方に向ける。Ａが座ったらまっすぐ目が合うような位置で止め、鍵谷正造から手を離す。空になったその両手を、寄せ合って、祈りのかたちにした。

末永い幸せ

いつもどおり、わたしはタクシーで居酒屋に向かい、りっちゃんは自分の車で、仙子《せんこ》を乗せてやって来た。りっちゃんは、「奏《かなで》のことも迎えに行くよ」と言ってくれるけれど、わたしの実家は居酒屋を挟んだりっちゃんちの反対側にあるので遠慮している。

「たいした距離じゃないし、気にしなくていいのに」

片足立ちの姿勢で靴を脱ぎながら、りっちゃんが言う。お盆とお正月の年二回、わたしたち三人が集まる地元の居酒屋は、予約する時にお願いしておくと三方を壁で仕切られた半個室に通してくれる。靴を脱いで座る畳の小上がりになっていて、テーブル席にはないゆるみが、幼なじみ三人で会う時の空気にちょうどよくて気に入っていた。

「ありがとう。でもタクシー乗りたいからいいの」

帰省している間、なるべくタクシーを使ったり買い物をしたりしてお金を使いたい。東京で散財する時とは違う、奉仕するような快感と正しいことをしている安心感で、地元を出て都会で暮らしている罪悪感が薄められていく。

「奏のそういう考え方、全然分かんない」

小学生の頃から変わらない、目よりも口元が大きく動く笑い方をしながら、仙子が言い放つ。その隣でりっちゃんが、同じく笑いながら「ねー」と同意した。おしぼりを持ってきた店員に飲み物とつまみをいくつか頼むと、すぐにビールとウーロン茶が運ばれてきた。

「わたしも東京だけどさあ、こっち帰ってきた時も、お金はなるべく使いたくないなーって思うけどな。別に、地元に住んでないからって罪悪感もないし。仕方なくない？　っていうか罪悪感ってなに。奏、前からそれ言ってるよね」

いみふめーい、とわざと鼻にかかった声で言い、仙子がストローでグラスの氷をまわす。わたしは、「だって生まれてから高校卒業まで、教育をこの町で受けて、まあ、育ててもらって、それで、大人になってお金が稼げるようになった時には、東京とかの都会にいて、地元には税金払ってないでしょ。なんか教育費とか医療費とか？　かけてもらったのにごめんなさいみたいな気持ち」と重ねて説明してみたけれど、話している途中から仙子の呆《あき》れ顔とりっちゃんの困ったようなにこにこ顔は目に入っていた。

「はーたいそうだねー」

仙子が馬鹿にしたように吐き捨て、そんなんうちらが稼げるまともな仕事がない田舎にも問題あるんではあ？　と続ける。まあね、と受け流して一人地元に残っているりっちゃんをそっと窺う。りっちゃんは「公務員か銀行員か教師しかないもんねー」と笑っている。

仙子が「まともな仕事」と指して言うのは、わざわざ大学まで出て就く職業、という意味なのだろうけど、りっちゃん自身はそのどれとも違う仕事に就いていたし、今は働いてもいない。三人の中で一番勉強ができて、東京にある日本で一番か二番くらいに有名な私立大学を卒業したりっちゃんは、就職活動がうまくいかなくて、りっちゃんのお母さんの知り合いが働いている、地元のショッピングモールの手芸店でアルバイトを始めた。お母さんの知り合いという人は別にオーナーというわけではなくパートスタッフで、りっちゃんと入れ替わりで辞めた。りっちゃんは毛糸や生地や、それらを使って服を作る方法について書かれた本を売っていたけど、二年で辞めて、その後は時々働いたり働かなかったりしている。大学の四年間東京で一人暮らしをしていた以外は、ずっと実家で暮らしていた。

「いいよ別に、分かってもらわなくても。わたしはそう思うっていうだけだから」

わたしはなおも「分かんなーい」と口にしている二人に告げ、グラスの表面に薄く氷の膜が張ったビールを持ち上げた。りっちゃんは車だし――代行呼べばいいじゃんと言うのだけどそこまでして飲みたいほどお酒好きなわけじゃないからと断られる――、仙子はアルコールが苦手だから、こうして居酒屋に集まるものの、酒を飲むのはわたし一人だけだ。でも別に、それでよかった。わたしたちは小学生の時からお互いを知っていて、親しくなった中学時代から数えただけでも約二十年間の付き合いになる。幼なじみだから、趣味も考え方も、お酒の好き嫌いも日々の生活もコミュニティも違うけど、お互いがお互いのむかしを知っているという一点だけで、友情を構築し維持していた。

考え方や価値観がぴったり合わなくたって、全然分かんない、と笑って言い合えればそれでよかった。なにも本気で否定しようという気はないのだ。それっておかしいよ、こっちの考え方に正した方がいいよ、と爪を立てるような距離にはいない。普段はそれぞれ散らばって暮らしていて、年に二回こうして会う以外、三人が揃うこともないのだから。

それでも少しくさくさした気持ちを呑み込むように、野菜スティックから一番硬そうに見えたにんじんを選んでかりかりかり嚙んでいると、

「あのさあ、」

りっちゃんが胸の前で小さく手を挙げた。わたしと仙子、二人の視線を受け止めて、へへっと笑う。その表情にもしかしてと思ったのと同時に、りっちゃんが言った。

「結婚することになりました。つきましてはお二人に、結婚式に来てほしいなと思っていまして」

はにかんで、というよりは仕事のミスを上司に報告する時のような、恥ずかしさと悔しさが混ざりあった表情に見えた。結婚式という単語に反射的に怯んでしまったけれど、すぐに喜びがそれを上回る。ええええーっ、仙子とわたしの声が重なった。

「おめでとう。えーまじ、おめでとう」

と祝福しながら、りっちゃんはそろそろ結婚するんだろうなって、十年くらい前から思い続けていたのを思い出した。

りっちゃんが手芸店のアルバイトを辞めた後、一年くらい働きに出なかった時のことだ。元気がなかったらどうしようと心配しながら集まったこの居酒屋で、りっちゃんは「最近、生け花の教室に通い始めたの」と、穏やかな微笑みで告げた。りっちゃんが花を好きだなんて、中学から一緒にいるけど初めて聞いた。そういうことなんだろうか、と思っていたら、まさしく本人の口から「働いてないし、せめて花嫁修業っていうか」と言われてしまったので決定的だった。

あの時、わたしたちは二十五歳だった。りっちゃんが結婚しちゃったらさみしいな、と仙子と二人で言い合ったけど、わたしたちは三人とも結婚しないまま十年が経って、今年、みんな三十五歳になる。仙子もわたしも、二十代から三十代初め頃までに何人かの男の人と付き合っては別れて、直近三年は恋人がいない。りっちゃんはそれより前からいない、というより多分誰とも交際という形でお付き合いをしたことがない。年に二回規則正しく集合し続けながら、もしかしたらこのまま三人とも結婚しないかもね、と冗談でも自嘲でもなく、単なる現実的な予想として口にするようになっていた。だけど、そうか、りっちゃん結婚するのか。

「ねーどんな人なの?」

おかわりしたビールを片手に、根掘り葉掘り訊くよー、と宣言すると、りっちゃんは「こわいなあ」と困り顔で話し始めた。

りっちゃんの結婚相手は、婚活パーティーで何度も顔を合わせるうちに仲良くなった同い年の女性のお兄さんなのだという。県内の婚活パーティーや合コンに参加を続けていたけれど、連絡先を交換した人と食事に行っても交際が続かなくて、どうしようと思っていた頃、その女性と二人で出かけた時にショッピングモールでお兄さんと偶然出くわし、流れで飲みに行くことになったのがきっかけでお付き合いが始まったらしい。四歳年上、三十九歳の、地元の中小企業で経理の仕事をしていて、ぎりぎり三十代だけど見た目は四十代半ばくらいに見えて、お腹が出ているしおしゃれではないけれど、煙草《たばこ》は吸わないし、パチンコは月の上限を決めて趣味としてたしなんでいる人で、とてもやさしいの——りっちゃんがおっとりした口調で、だけど一気に話す。こんなふうに説明しよう、と決めてきた話し方だった。四歳上と聞いて、中学も高校もかぶってないんだなあ、と東京にいる時には出てこないであろう発想が初めに浮かんできて、自分が今田舎に帰省しているのだと実感する。飲み込んだビールが苦くて、もしかしてわたし緊張してる？　と気付く。

りっちゃんたちは、出会って一か月ほどで付き合い始め、三か月経つ頃にはお互い結婚を意識していて、四か月目に相手からプロポーズを受けた。婚姻届は来月、お付き合いを始めてちょうど六か月目の記念日に市役所へ届け出る予定らしい。わたしたち三人が最後に集まったのはお正月のことで、その後、お盆の今まで会わないでいた七か月の間に、りっちゃんはめまぐるしく変化していたのだ。ははあ、と感心のこもった息が口から漏れる。

「いや、ほんとに、ほんとにおめでとう、りっちゃん」

子ども欲しいって言ってたもんね、と口が滑りそうになるのを押し止《とど》めて「おめでとう」だけを繰り返す。子ども欲しいんだ。産みたい。りっちゃんがそんな話を始めたのも、十年くらい前からだった。多分これから子どもを作ろうと試みるのだろうけど、親しい友だちだからこそ、りっちゃんが自分から話してこないことに関してわたしから言い出すのは違う。そう思っていたら、

「やっぱ子ども欲しいよね」

と仙子がつるりと差し出すように言い放ったので面食らう。しかも、欲しいよね、と同意を促しているので驚いた。

「仙子って子ども欲しい人なんだったっけ？」

尋ねると、仙子は首を縦や横に緩慢に動かし、頷いているようにも首をかしげているようにも見えるそのままの状態で、にやっと笑った。欲しくないって言ってなかったっけ。もしくは、どっちでもいいとかそんなふうじゃなかったっけ。別にいらないって思ってるってわたしが言った時に、力強く頷いていたんじゃなかったっけ。でもあれって何年前のことだったっけ。急に心細くなって、とっくにぬるくなったおしぼりを右手で握る。手が震えるほどではないけど、声は少し震えそうになって、ごまかすようにもう一度「おめでとう」とつぶやく。りっちゃんがこくりとまっすぐ頷いた。

「そりゃあ子どもは欲しいよ。ずっと欲しかったよ。これから急いで作ろうかなと思ってて、でも、だから急いで結婚式しちゃいたいんだよね。準備に一年とかかけられなくて、すっごく急だけど五か月後に、式を挙げたいと思ってるの」

「五か月後ってことは、」

と、仙子が指を折って数えるのを、りっちゃんが引き継いだ。

「一月。一月の三週目の土曜日に挙げたいなって思ってる。二人には東京からご足労いただいてしまうんだけど。しかも多分お正月に帰省するよね。そのすぐ二週間後にまた帰ってきてもらうのも申し訳ないんだけど、でも、ぜひ来てほしくって」

「ご足労って。全然だよ。だったら年末年始は帰省しないでもいいかなー。りっちゃんの結婚式の時に実家に顔出せば十分。っていうかうちらが出ないで、誰がりっちゃんの結婚式に出るんだって話！」

仙子がはしゃいだ声をあげ、りっちゃんが「友人代表スピーチの相談もしたくて」とおずおずと、でもうれしそうに続けると、「いやいやそれは光栄だけど、人前で話すのだったら奏の方が向いてると思う！」と仙子がわたしに水を向けた。

りっちゃんの顔には、大変なお願いをする時の申し訳なさと、幸福の玉が弾けて攪拌《かくはん》されたような高揚の両方が同居していた。そういえば髪が伸びている。毛先が胸元を過ぎるほど長い。これはもしかして、相手の人と出会うより前からその先にある結婚式に向けて伸ばされてきたものなんじゃないかと想像してしまって、切なくなったのだけど、わたしは言った。

「ごめん、わたし、結婚式には出られない」

子どもの頃に出席した親族の結婚式で覚えているのは、マッシュポテトの上にキャビアなるつぶつぶが載っていたことと、「花嫁さん綺麗ね」と母に言われて見上げたウエディングドレスの女性をたいして綺麗だと思えなかったことだ。純白のきらきらした美しいドレスに、人間色の緊張した塊が突き刺さっているように見えた。けれど幼心に「うん」と答えるしかないと分かっていたので、そうした。わたしは今でも分からない。母が「花嫁さん綺麗ね」と言ったのは、本心からのことだったのか、親族に囲まれて座る丸いテーブル席で幼い娘にかける言葉の正解があれだっただけなのか、どっちなんだろう。今更訊いても、そんなこと覚えてないしあんたやっぱり性格悪いわね、と嫌な顔をされるだけだろうけれど気になる。

友人の結婚式に初めて出席したのは二十四歳の時で、新婦のトモちゃんは大学からの友だちだった。同じゼミだった女の子がまとめて六人呼ばれていたうちの一人がわたしだった。初めてだったから、結婚式参加経験がある子にいろいろ教えてもらって、ネットでも調べて、準備した。美容室にヘアセットの予約をして、ワインレッドのパーティードレスと、黒のボレロとパーティー用の鞄を用意した。アクセサリーは真珠がいいと言われたけど、真珠は高くて買えなかったのでコットンパールのネックレスを見繕った。安っぽさが伝わらないだろうかと不安で仕方なかった。ネットの結婚式マナーサイトで「ゲストの恥はそれを呼んだ新郎新婦の恥になります」という一文を見つけて震えあがった。トモちゃんの顔が頭に浮かんだ。わたしの恥がわたしのものではなくなるなんていうのはおそろしいことだった。

結婚式の前日、ご祝儀袋に三万円を包み、ネットで調べたお手本を見ながら表書きを書き終えた時、髪と服と靴と、とそれまでにかかった金額を数え上げて手足が冷たくなる心地がした。

こんなにお金がかかるのか。

社会人二年目だったわたしの贅沢《ぜいたく》は、コンビニで発売されたばかりの変わり種系チューハイを買うことと、スーパーで一パック七百円する梅干しを常備することくらいだった。ささやかな消費の日々に対して、友人の結婚式にかかる費用はけた違いに大きかった。韓国か台湾か中国といった近場なら海外旅行もできるくらいの金額が、結婚式に吸われていった。

吸われていく、とあの時確かにそう思った。わたしがお金持ちだったら、感じ方は違ったんだろうか。それとも根っこがケチだから関係ないのか。同時期のりっちゃんと仙子は、ご祝儀貧乏になる時期ってあるよねーと笑いながら、でもお金がなくてきついことと、結婚式に吸われる嫌さは共存していなかった気がする。

でも、それでも、友だちを祝福したい、その幸せを願いたいという気持ちはあった。結婚式は人生で一番幸せな日だと、どこかで聞いたことがあるフレーズを思い出し、それはどうだろうか、ちょっと同意しかねるけど結婚式を実際に体験したら「そうかも！」と納得するのかもしれない、などと考えながら慣れないヒールで痛む足でトモちゃんの結婚式会場に向かった。

結論としては、バージンロードから嫌だったから、つまり、初めから嫌だったということになる。直訳して処女道であるそれを、父親の腕に手を添えて歩き、道の先で待つ新郎に引き渡される図。新婦、物みたいだなあ、と最初に思った。それから、下品だなあとも思った。思ってしまったら、ふんわり広がった純白のドレスの下で、何センチもあるヒールに足をぷるぷる震わせながら必死で歩いているのも、新婦を一人で歩かせないための罠《わな》にしか見えなくなった。そもそもトモちゃんは身長が百七十センチ近くあって、わたしはそれがかっこいいと思うけど本人は背が低く生まれたかったと言うこともあって、なのに更にヒールを履いて身長を伸ばすなんてちょっと意味が分からない演出だった。

式場スタッフが三人がかりで運んできた大きなウエディングケーキを前に、ケーキ入刀とファーストバイトが行われ、「ファーストバイトには、一生おいしいごはんを作るからね、という新婦からの誓いと、食うのには困らせないからな、という新郎の誓いが込められています」と説明がなされる。なにそれまじで気持ち悪いっ、と慄《おのの》きながら辺りを見渡すと、握りこぶしほどもある特大スプーンを新郎に差し出した新婦と、こぼれるっこぼれるってとおどけて大口を開ける新郎に、みんながあたたかい笑い声をふりかけていてまたぞっとした。じごく、と言葉が浮かびかけ、結婚式の日にその言葉だけは頭に思い浮かべてはいけないような気がして、慌てて意識から遠ざけ、スマホのカメラを新郎新婦に向け直してボタンを連打して写真を撮った。

大音量で流されるウエディングソングでは二人の愛の尊さが表現され、自宅で家族だけに伝えた方がいいように思われる両親への感謝の気持ちを、なぜか新婦だけが手紙にしたためて参列者全員の前で涙ながらに発表し、新郎は泣いている新婦を支えるように肩や腰に手を添えているのだけど、自分は感謝の手紙を取り出す気配もない。新婦の涙を見つめながらなんでだろうと考えてみると、女性は生家から出され、夫の家にもらわれるので、夫側から見ると「別に今親にありがとうとか言わなくてもいいでしょ、これからもおれはおれの家にいるんだし」となるのだ！　と思い至って衝撃を受けた。じんしんばいばい、とこれもまた今日このおめでたい日に当てはめるべきではない言葉が頭に浮かんできてしまう。会場のあちこちからすんすんともらい泣きの音が響き、拍手とともに「末永くお幸せに」「末永く」「末永く」と呪文が繰り返される。

人は人、自分は自分、などと言いながら、思いながら、これを気持ち悪いと思わないなんておかしい、と心から思って見渡すと、気持ち悪がるどころかみんな幸福そうに微笑んで、うんうん頷いて、目に涙を浮かべて感動している人までいた。末永く、末永くだよほんと。また呪文が聞こえる。うそでしょわたしだけ？　一人一人に訊いてまわりたい。おかしいでしょあんなの、気持ち悪いじゃん、どう見たって。「分かる」と言ってほしかった。分かるよ、そうだよね、おかしいよねって。

「確かに、奏は結婚式好きじゃないって話してたよね、前から。覚えてる」

りっちゃんが、ぽつんとつぶやく。「だから別にいいよ」ってりっちゃんが言った。むしろ仙子の方が怒っていた。

「なんで」

張り詰めた声で端的に問い詰められる。

「わたし、結婚式好きじゃないから」

「知ってるよ。何年も、散々そういう話聞いてきたもん。大学時代の友だちとか職場の同僚の結婚式とか出る度に、もう二度と行きたくないって愚痴ってたもんね」

「……うん。二十代後半で結婚式ラッシュがあって、散々出て、でも毎回こんなのやっぱり変だし嫌いだって思って、もう二度と参加しないって決めたの。参加しても、結婚式のせいで心からおめでとうって思えなくなるから。その子たちのことは好きで、友だちの幸せは願いたいって、思うけど」

「聞いたよ。聞いてきたよ。でも、りっちゃんの結婚式だよ。奏が結婚式を好きじゃないとか、別に宗教上の問題でもないのにさ。ただの好き嫌いより、りっちゃんをお祝いする気持ちの方が大切じゃん！」

　宗教上の問題と好き嫌いの問題は比較できるものではないし、比較したとして好き嫌いの方が大切ではないというのは仙子の感覚でしかないし、わたしにとっては好き嫌いってものすごく大切なことだし、それとりっちゃんをお祝いしたいっていう気持ちもまた、比較するのはおかしいと思うけど、りっちゃんをお祝いしたいって気持ちがないわけではなく、むしろお祝いしたい気持ちがあるからこそ、結婚式という型にはめられるとわたしは祝えなくなるから行くべきではないと考えるうんぬん。頭の中でざっと反論を並べたてたけれど、はらはらした表情でわたしをというか仙子の横顔を窺っているりっちゃんの前で、そんなのは口にするべきではなかったから呑み込んだ。

　別にいいよ、って言った時のりっちゃんはほんとうに別にいいよという顔をしているように見えて、もしかしたら今日結婚式の話をすると決めた時から、わたしが行けないって答えると予想していたのかもしれなかった。これまで散々二人に結婚式が嫌だっていう話はしてきたから。行かないって言われるかもしれないと思いながら、結婚式に誘わせたのだと想像すると心がみしみしする。ごめんねっていう気持ちがある。あるのに、でもわたしだって断るのつらいよ断らせないでよ、という気持ちも、半歩遅れて付いて来ている。追い越さないように慎重な速度を保って。

「仙子、いいよ。ありがとう。奏も、ごめんね。大丈夫だから」

張りつめた沈黙を破ったのはりっちゃんだった。ごめんごめん、と重ねて続ける。

「奏が結婚式にいい感情持ってないのは知ってたし、いいよ全然。無理やり来てもらいたいわけでもないし」

無理やり来てもらいたいわけでもない、という言葉はわたしを慮《おもんぱか》ってりっちゃんが発した言葉なのに、文脈を無視して「来てもらいたいわけでもない」だけが浮かび上がって自分に刺さってくる。奏が来ないなんてやだ、嫌でも無理して来てほしい。そんなこと言い合うような幼い友人関係ではないし、言われたら困り果てると分かっているのに、言い合えないからわたしたち年に二回くらいしか会わないのかなとか、関係ない、余計なことまで考えてしまう。

「別で、お祝いさせてね。りっちゃんの結婚はほんとに、おめでたいことだなって、うれしいなって思ってるから」

しぼり出した自分の声が震えていて恥ずかしくなる。仙子がわたしから目を逸《そ》らしてため息をついた。りっちゃんはほっとした顔で「焼肉でもおごってよ」と明るく言った。りっちゃんは眉を下げると幼い顔になるので、中学生だった頃のりっちゃんまで思い出してしまって胸がきゅっとなる。同じ町で生まれて、同じ景色をたくさん見てきた、わたしの友だちの顔。

母と電話で話した時に、「そういえば、りっちゃん、結婚するんだってね！　この間イオンでりっちゃんのお母さんと会って聞いたよ。あんたどうして教えてくれなかったの」と切り出された。ああうん、そうなんだよね、と流そうとしたけれど、母はそうさせる気はないようで、

「りっちゃんのお母さん、うれしそうだったよ。りっちゃんとこも確か一人娘でしょう。おじいちゃんおばあちゃんも、孫は他にもいるらしいんだけどやっぱり初孫だからねえ、りっちゃんがかわいくて仕方ないみたい。結婚式が楽しみで、寿命が延びたって話してるんだって。そんだけかわいい子だから、旦那さんが同じ市内の人で良かったわよねえ。嫁に出したら向こうの家の娘になるとはいえね、遠くなったらかわいそうよ。同居するのだって子ども生まれるまでは待っててくれるらしいじゃない。新婚の時間も大切だって、初めは二人でアパート借りるらしいよ。理解があるわよね。若い人が住むっていったらどこだろうね。国道のカフェができた辺りか市役所の前の新しいアパートか、イオンの近くかしらね」

と止まらずに続けたので、情報量の多さに圧倒されてしまう。母に尋ねるのは癪《しゃく》だったが、

「りっちゃん、同居するの？」

と訊いてしまう。子どもが生まれるまでは待ってくれるってなに。誰の、どういう声なの。ほんとうはそう言いたかった。

「旦那さん、長男なんでしょ。まありっちゃんも一人娘だから、相手さんの家に入っても、自分の親のことだって面倒見させてもらえるわよ」

母のそれは、言外に「だから心配しなくても大丈夫よ」と付け加えられているような、わたしを安心させようとする声色で、そのこと自体に動揺してしまう。母まで知らない人のようだった。地元を出て東京で働き結婚もしていないわたしを、「今の若い人は男も女も関係ないわよ。やりたいようにやればいいのよ」と応援してくれている母が、わたしの母だと思っていた。

「子どもができるまで待ってくれるって、じゃあできなかったら一生同居しないの」

呆然《ぼうぜん》とつぶやいたわたしの言葉に、母がすっと息を呑む気配がして、「あんたね、そういうこと言わないの。損するよ」と低い声で短く引き上げた。電話が切れた後も、その声が耳に残っていた。

家族の期待に応えること、地元で家族に囲まれて過ごし、家族を増やすこと。学生時代

から人前に立つのが得意ではなかったりっちゃんが、自分が主役になる結婚式をしたいと思う意味。そこから生まれる幸福を、わたしは心で感じることができない。分からないから、触れられないから、近づくと苦しくなるから、同じようには願えないけど、りっちゃんが求めている幸せの形は明確で、「それっておかしいと思う」などと言い出すわたしがいない方がいいのは分かり切ったことだった。

りっちゃんの結婚式には出ないのだと母に言いそびれたことが、ずっと心に凝《こご》って、そのうち言わなければいけないなと思うだけで連絡できないでいるうちに、秋が過ぎて冬がきて、あっという間に新年を迎えた。結婚式までの五か月なんてあっという間だと思っていたけど、ほんとうにあっという間だった。その間に母とは何度か電話で話をしたけれど、りっちゃんの結婚式の話題が出ることはもうなかった。どこかでなにか聞いたのかもしれないし、察したのかもしれない。と、わたしの側でも想像するだけで終わってしまう。離れて暮らす時間が長くなるうちに、母に対してもこんなふうに構えて接するようになった。

お盆に居酒屋に集まって以降、りっちゃんと会うことはなくて、連絡もほとんど取らなかった。これまでだって年に二回会う前後以外は、頻繁に連絡を取り合うことなんてなくてそれが普通だったのに、多分仙子とは個別で連絡を取り合ってるんだろうな、結婚式のことや、なんやかんやいろんなことで、と想像すると胃がぐっと圧迫される心地がした。

元旦にりっちゃんと仙子のグループラインに〈あけましておめでとう〉とメッセージを

送ると、二人からもすぐに返事がきた。ことしもよろしくねー、のスタンプ。〈ゆっくり休めてる?〉とりっちゃん。仙子は二週間後のりっちゃんの結婚式に合わせて帰省するから年末年始は帰ってきていないし、りっちゃんは結婚式の準備で忙しいのと、旦那さんの実家のこともあるからということで、いつもの居酒屋での集合はなかった。〈次は夏だね。お盆。集まろうね〉というりっちゃんの書き込みに、仙子からはＯＫ！　とスタンプだけの返事があった。

前日に設定しておいたモーニングコールで起きた。手を伸ばして備え付けの電話の受話器を取り上げ、耳にあてると「Good morning!」と滑舌よく爽やかな自動音声が繰り返し流れていた。グッモーニン、とつぶやいて起き上がる。

カーテンを開けると、粉雪が舞っていた。りっちゃんの式が始まる昼頃から雨に変わるかもしれないという予報が出ていて、わたしは晴れないならせめて雪のままでありますようにと祈った。多分、りっちゃんの家族も、仙子も、他の友だちも同じように祈っているだろう。九階にあるこの部屋の窓からは、ホテルの中庭を見渡すことができる。あたたかい季節にはバラの花が咲く花壇が今はむき出しの木々ばかりで寒々しく、花や緑の代わりに、金銀のモールや電飾がつるされている。中庭の左側には結婚式用の偽チャペルと噴水があった。ホテルのレストランで行われる披露宴の様子は見えないけれど、ここから偽チャペルに出入りするりっちゃんを見ることはできる。そのためにわたしは、昨日から二泊三日の予定でこのホテルに泊まっている。

顔も洗わないまま、備え付けの冷蔵庫から、昨日コンビニで買っておいたヨーグルトと野菜ジュースを取り出した。仙子は実家に泊まっているのだろうけれど、県外からのゲストやりっちゃんの親戚がホテルに宿泊している可能性があるので、朝食会場に赴くことはできない。ここでこうしていることは、りっちゃんにも仙子にも他の誰にも言っていない。チェックイン時にフロントへ、部屋で仕事をしたいので日中も出かけないこと、清掃もベッドメイキングも不要であることを伝えておいた。リモコンを操作してテレビを点け、見るともなしに流す。時間をつぶそうと思って持って来た長編小説は結局一ページもめくらないまま、テレビを見たりスマホをいじったりして、りっちゃんの結婚式が始まるのを待った。何度も窓の外に視線を向けて、灰色の重苦しい雲から降っているのが雨ではなく雪のままであることを確認した。

式の三十分ほど前から、偽チャペルに人が入り始めた。壁際のデスクにあった椅子を窓のそばに移動させて座り、窓の外を覗き込んだ。下からこちらの顔まで見えるわけないだろうと思うし、実際ホテルを出て飾り石で縁取られた中庭の道を偽チャペルまで横切って行く人々は、誰もホテルの方を見上げることもなかったのだけど、わたしはカーテンを半分閉めて自分の体を隠していた。部屋のあかりも消している。

りっちゃんの家で会ったことのある、おじいちゃんとおばあちゃんが親戚らしい人に腕を支えられて偽チャペルに向かっていた。おばあちゃんは黒留袖を着ている。中庭の途中、噴水の近くで一度足を止めて、何事かを話している。綺麗なお庭ね、とそんな声が聞こえてくるようだった。市内に結婚式が挙げられる場所は二つしかない。このホテルと、もう一つは結婚式専用の施設。あの人たちの年齢まで地元を出ずに生きてきたのであれば、友人親族同僚と、このホテルで行われてきた結婚式に幾度となく出席してきたはずだ。もしかしたら自分たちの結婚式もここで挙げているかもしれない。足を止めてゆったりと見渡しているこの中庭だって四季折々に見たことがあるだろうと思うのだけれど、自分たちの孫の式が行われる当日ともなると、冬の枯れ果てた庭さえ格別に美しく見えるのかもしれなかった。

色とりどりのパーティードレスをまとった女性たちが中庭を歩いて行く、という様子を想像していたのだけど、実際には黒系のドレスを着た人ばかりが通った。髪や化粧のこまかなところまでは九階からは見えない。りっちゃんが二十代半ばだったら、ゲストの女性たちも黄色や赤色や青色の、色とりどりのドレスだっただろうか、と自分が過去に出席してきた結婚式のことを思い出しながら考えていたら、二人組の女性が中庭に現れた。仙子だった。隣にいる背の高い子は、と目を凝《こ》らして見ると、同級生の夢《ゆめ》ちゃんだった。中学の時同じクラスになったことがある。結婚式に招待されるほどりっちゃんと仲がいい印象はなかったけれど、小中高と同じ学校だったし、仙子とはそこそこ仲が良かったから、仙子のために呼ばれたのかもしれない。わたしの代わりに。

二人は黒色のドレスの上から半袖のボレロを羽織っていて、遠目には同じ格好に見えた。剝き出しの腕を手でさすりながら、足早に偽チャペルへ吸い込まれていった。二人を見つめていたほんの十数秒の間、わたしは息を止めていたらしく、仙子の姿が見えなくなった瞬間に勢いよく吸い込んだ空気で鼻の奥が痛くなった。

ゲストの友人、親戚らしい年齢の離れた人たち、家族、スーツ姿の男性がたくさん、偽チャペルへ入って行った。式には出ず披露宴から参加する人もいるのかもしれないが、偽チャペルに集まった人だけでも五十人くらいにはなるだろうと思った。そろそろだろうか、と降りやまない雪の空を見上げた頃、中庭にりっちゃんたちが現れた。りっちゃんのほかに、シルバーのタキシードを着た新郎とりっちゃんのお父さんとお母さんがいる。りっちゃんの後ろに立つスタッフの女性が、りっちゃんの着ているウエディングドレスの、本体よりはるかに重量がありそうな長い長い裾を抱えている。

りっちゃんは見たことないりっちゃんだった。今、あの場でウエディングドレスを着ているということは、あの人がりっちゃんで間違いないはずなのだけど、五か月前のお盆に会った時より随分痩せているのが、遠目に見ても分かった。長く伸ばしていた髪は頭の上に巻き上げられて、白いヴェールの下で首筋から背中の広い範囲が露《あら》わになっている。何にも守られていない剝き出しの両腕に、やまない雪が降り注いでいるけれど、りっちゃんがそれを気にする様子はない。

しらないひとみたい、と声に出して言ってみる。わたしはそれを言うためにここにいるのかもしれなかった。

わたしが九階のホテルの部屋じゃなくて、あの地上の偽チャペルの硬くて冷たい木の長椅子に座っていたら、綺麗だね、と思ったし、そう言ったんだろうか。りっちゃん綺麗だね。すごく綺麗、今まで見た中で一番綺麗。綺麗であることは、結婚式の幸福の条件のひとつだ。りっちゃんの幸福、そしてその場にいる全員の、その時点での幸福の条件。

りっちゃんたちが偽チャペルの入口前に立つ。そこには屋根があって、りっちゃんたちの姿は隠れてしまったけれど、りっちゃんの後ろでドレスの裾を持つスタッフの人だけが取り残されたようにわたしから見えているので、りっちゃんもまだそこにいるのだと分かる。偽チャペルに、新郎だけが先に入場する。仙子たちが笑顔と拍手で迎える。新郎が祭壇の前、結婚式用にあつらえられた神父の前に立ち、落ち着いた頃に、いよいよりっちゃんがお父さんに手をひかれて入場していく。わたしはその瞬間を見逃したくなくて、椅子から腰を浮かして窓の下を食い入るように覗き込んでいる。りっちゃんのドレスの裾を持つスタッフの人が動き始めた。長い長い裾がからまないよう、中腰になって慎重に広げているのだ、と見ていて分かった。するすると引き込まれていくドレスの裾が、おしまいまで視界から消えて、スタッフの姿も全部、屋根の中に仕舞われて見えなくなった。わたしは窓の外に顔を向けたまま、手だけを伸ばしてテーブルの上に置いていたペットボトルのミネラルウォーターを取って、飲んだ。心臓がうるさく、鳴っていた。

二十分ほど経った頃、偽チャペルから人が溢れ出て来た。入口の両側に分かれ、人垣を作って並ぶ。スタッフがその人々の手にフラワーシャワー用の花びらを配って歩いた。りっちゃんと新郎が腕を組んで偽チャペルから出てくる。歓声が聞こえた気がしたけれど、防音が施された窓を隔てたこの九階の部屋は、しんとしたままだった。りっちゃんたちが人垣の中をゆっくりと歩いて進む。その頭上に花びらが撒《ま》かれる。赤緑黄色白、色とりどりの花びらが舞い、地面に落ちて二人の足元を彩る。おめでとう、おめでとう、お幸せに、お幸せに、お幸せに。立ち並ぶ人々の唇がみんな同じ形に動いている。中庭の冬の木々に点けられた電飾が、曇り空の下で真っ昼間から輝いている。はっとして見上げると、雪はいつの間にか止んでいた。それに対してよかったという気持ちがわいてよかった。

りっちゃんと新郎がホテルの中に消え、中庭に並んでいた人たちも次々とホテルへ入って行った。礼服姿のスタッフだけが何人か残った中庭を、それでも見つめ続けていると、りっちゃんと新郎の二人が戻ってきた。これから披露宴があるはずなのにどうしたんだろう、と目で追うと、花びらで彩られた中庭に大きなカメラを向けるスタッフが合図を始めた。りっちゃんと新郎が体を寄せ合い、笑顔を向けると、素早くスタッフが立ちまわって、ドレスの裾の流れを整え、追加の花びらを辺りに散らした。なるほど、いろいろな演出で写真を撮って残すんだな。りっちゃんの結婚式の写真は見たい、とそんな気持ちがわく。

食い入るように見下ろしていると、カメラに視線を向けていたりっちゃんがふいにこちらを見上げた。とっさにわたしは体を固くしたまま動きを止めた。しゃがみこんで隠れたいけれど、あの部屋で何か動いたなって目につくかもしれない、そう思ってしまって動けない。

カーテンは半分閉めたままで、部屋のあかりも消しているし、こちらは九階だから、誰かが窓辺にいるのが見えても、わたしだということまでは分からないと思う。それでも心臓がどくどくと痛みを感じるほど早く打つ。気付いてほしいのだろうか、と自分の心に問うてみる。りっちゃんに、わたしは結婚式や披露宴が嫌なだけで、りっちゃんの幸福は願っているんだよ、とその証拠として示すために、気付いてほしいのかもしれない。実はりっちゃんの結婚式の日、あのホテル泊まってたんだよー。なにそれこわっ、言ってよ、っていうかそんなことするくらいだったら我慢してでも結婚式出てくれたらいいのに！　そんなやりとりを、未来永劫《みらいえいごう》一度もしないつもりだろうか。今日この日の、息を潜めて庭を見つめた数時間のことは、一生、わたしだけの秘密のままだろうか。

りっちゃんがホテルを見上げたのは一瞬のことだった。彼女の視線はとっくにカメラの方に向けられていた。中庭の真ん中、偽チャペルの入口、噴水の前、と何か所かに移りながら写真を撮ると、急いだ様子でホテルの中へ戻って行った。りっちゃんがホテルの部屋の方を見上げることも、もうなかった。そろそろ披露宴が始まる時間だ。

わたしは部屋を抜け出して、誰もいなくなった中庭に降り立つ。さっきまでりっちゃんが立っていた場所に立ち、自分が泊まっている部屋を見上げて探そうとするのだけど、縦に横に同じ形の窓がなにかの冗談のように並ぶ中の、どれがそうなのかすぐには分からない。地上からいち、に、さん、と九階まで数えて、右からいち、に、とまた部屋を数える。その間に、止んでいた雪が雨に変わって、降り始めた。

【初出】すばる
「いい子のあくび」二〇二〇年五月号
「お供え」二〇二二年四月号
「末永い幸せ」二〇二三年一月号

【装幀】高橋健二（テラエンジン）
【装画】ＷＡＫＩＣＯ

高瀬隼子（たかせ・じゅんこ）

一九八八年愛媛県生まれ。東京都在住。立命館大学文学部卒業。二〇一九年「犬のかたちをしているもの」で第四三回すばる文学賞を受賞。二〇二二年「おいしいごはんが食べられますように」で第一六七回芥川賞を受賞。著書に『犬のかたちをしているもの』（単行本／文庫）、『水たまりで息をする』、『おいしいごはんが食べられますように』がある。

いい子《こ》のあくび

2023年 7月10日 第1刷発行
2023年 8月 6日 第2刷発行

著 者 高瀬隼子《たかせじゅんこ》

発行者 樋口尚也

発行所 株式会社 集英社
〒101-8050 東京都千代田区一ツ橋2-5-10
電話 03-3230-6100（編集部）
03-3230-6080（読者係）
03-3230-6393（販売部）書店専用

印刷所 大日本印刷株式会社
製本所 加藤製本株式会社

ISBN978-4-08-771836-2 C0093

定価はカバーに表示してあります。

高瀬隼子の本

好評既刊

犬のかたちをしているもの

卵巣の病気を患って以来セックスが苦痛になった薫は、恋人の郁也にそのうちセックスしなくなる宣言をした。郁也は「好きだから大丈夫」と言い、関係を持たず三年が過ぎたある日、郁也から彼の子供を妊娠した女性を紹介され……。

第43回すばる文学賞受賞作

水たまりで息をする

ある日、夫が風呂に入らなくなったことに気づいた衣津実。水が臭くて体につくと痒くなると言い、入浴を拒み続ける。やがて雨に濡れて帰ってくるようになり、二人の生活は静かに変わり始める。世間から少しずつはみ出していく夫婦の物語。

第165回芥川賞候補作